牛乳カンパイ係、田中くん

ノリノリからあげで最高の誕生日会

並木たかあき・作
フルカワマモる・絵

集英社みらい文庫

御《お》石《いし》井《い》小《しょう》学《がっ》校《こう》のメンバー
田《た》中《なか》食《たべ》太《た》
5年《ねん》1組《くみ》の牛乳《ぎゅうにゅう》カンパイ係《がかり》。
給食《きゅうしょく》マスターとして奮闘中《ふんとうちゅう》。
増《ます》田《だ》先《せん》輩《ぱい》
田中《たなか》くんあこがれの先輩《せんぱい》。
6年《ねん》1組《くみ》の天《てん》才《さい》給食《きゅうしょく》マスター。
難《なん》波《ば》ミナミ
大阪出身《おおさかしゅっしん》の元気《げんき》な女《おんな》の子《こ》。
実家《じっか》は「難波食堂《なんばしょくどう》」。
多《た》田《だ》見《み》
マモル先《せん》生《せい》
5年《ねん》1組《くみ》の担任《たんにん》。
生徒《せいと》たちをただ見守《みまも》る
やさしい先生《せんせい》。
鈴《すず》木《き》ミノル
田中《たなか》くんの親友《しんゆう》。
田中《たなか》くんのおかげで
牛乳好《ぎゅうにゅうず》きに…。
三《み》田《た》ユウナ
みんなに気配《きくば》りできる
しっかり者《もの》の委員長《いいんちょう》。

大久保《おおくぼ》ノリオ
5年《ねん》1組《くみ》の元気印《げんきじるし》。
一見乱暴《いっけんらんぼう》に見《み》えて家族《かぞく》、
友《とも》だち思《おも》いでやさしい。
大久保《おおくぼ》ノリカ
1年《ねん》1組《くみ》のノリオの妹《いもうと》。
からあげが大好《だいす》き。
NORISUKE
大久保《おおくぼ》ノリスケ
3年《ねん》1組《くみ》のノリオの双子《ふたご》の弟《おとうと》。
右《みぎ》の鼻《はな》から鼻毛《はなげ》が…。
大久保《おおくぼ》ノリゴロウ
3年《ねん》2組《くみ》のノリオの双子《ふたご》の弟《おとうと》。
左《ひだり》の鼻《はな》から鼻毛《はなげ》が…。

もくじ

1杯目《ばいめ》

大《おお》久《く》保《ぼ》家《け》特《とく》製《せい》・ノリノリからあげ！

日直《にっちょく》の「いただきます」の声《こえ》のあと、給食班《きゅうしょくはん》にいたオレは立《た》ちあがった。

「おまえらぁ、ちゅうもーく！」

オレは牛乳《ぎゅうにゅう》ビンを片手《かたて》に、イスの上《うえ》にどんと片足《かたあし》をのせた。

「みんなぁ！　今日《きょう》も給食《きゅうしょく》で、もりあがるぜーっ！」

「「「うお〜！っ」」」

5年《ねん》1組《くみ》のみんなは、牛乳《ぎゅうにゅう》ビンを高《たか》くあげるオレに手拍子《てびょうし》でこたえてくれる。

パン・パン・パン・パン！

パン・パン・パン・パン・パン！

クラスのお調子者《ちょうしもの》が声《こえ》をあげる。

「いよっ、田中《たなか》っ！　待《ま》ってました！」

オレは5年《ねん》1組《くみ》の、牛乳《ぎゅうにゅう》カンパイ係《がかり》。

給食《きゅうしょく》の悩《なや》みをなんでも解決《かいけつ》し、替《か》え歌《うた》で給食《きゅうしょく》をもりあげるのがオレの仕事《しごと》だ。

まずは、替《か》え歌《うた》の始《はじ》まりだ！

大《おお》きく息《いき》を吸《す》った、そのとき……。

ぐいっ！

「え？」

右手《みぎて》で高《たか》く持《も》ちあげていた牛乳《ぎゅうにゅう》ビンを、誰《だれ》かが、オレからうばっていった。

ふりかえって見《み》あげると……。

「ああ、ノリオっ？」

そこにいたのはクラスで一番体《いちばんからだ》の大《おお》きな大久保《おおくぼ》ノリオ。

オレに届《とど》かない高《たか》さまで牛乳《ぎゅうにゅう》ビンを持《も》ちあげて、にやりとわらう。

「やさしいこのオレが、牛乳《ぎゅうにゅう》カンパイ係《がかり》の仕事《しごと》を代《か》わってやろうじゃないか」

「は？」

毎日《まいにち》、オレは牛乳《ぎゅうにゅう》カンパイ係《がかり》の仕事《しごと》をものすごーく楽《たの》しみにしているんだから、ノリオの言葉《ことば》は逆《ぎゃく》にものすごーく迷惑《めいわく》だった。

「いやだよ。これはオレの係《かかり》の仕事《しごと》じゃないか」

「なぁ、田中《たなか》。友《とも》だちには、えんりょをしなくていいんだぞ」

にこり。

ノリオはやさしい笑顔《えがお》をオレに見《み》せた。

でもわらったせいで、両方《りょうほう》の鼻《はな》の穴《あな》からは、元気《げんき》な鼻毛《はなげ》がぶわーっと「コンニチハ☺」してしまっている。

今日《きょう》はとくに勢《いきお》いがすごいぞ。

両方《りょうほう》の穴《あな》からぶちぶちひっこぬいてまとめたら、習字《しゅうじ》の小筆《こふで》くらいはつくれそうだ。

「田中《たなか》、えんりょするな。係《かかり》の仕事《しごと》は毎日《まいにち》たいへんだろう？」

「いや、ノリオ。えんりょじゃないんだ」

「やさしいオレが、代《か》わってやるぜ！」

ノリオは自分《じぶん》のことを、世界《せかい》で一番《いちばん》親切《しんせつ》だと思《おも》っている。

いまだって、たぶんいやがらせでいっているわけじゃない。

本当《ほんとう》に、心《こころ》から、オレに気《き》をつかってくれているはずなんだ。

ノリオはクラスのみんなを見《み》まわして、大《おお》きく息《いき》を吸《す》いこんだ。


「てめーらぁ、ちゅーもくしろぉ！」


みんなはぽかんとしているけれど、手拍子《てびょうし》はとまらなかった。

「いまからオレが、イチゴミルクのつくり方《かた》のヒミツを教《おし》えてやる！」

イチゴミルクの……つくり方《かた》だって？

そうしてノリオが歌《うた》いだしたのは『ピクニック』という歌《うた》の、替《か》え歌《うた》だった。

♪丘《おか》〜をこ〜え　いこうぜ！　イチゴを持《も》ちつ〜つ〜
空《そら》〜はす〜み　青空《あおぞら》　牧場《まきば》めざして
食《く》えよ、イチゴを　牛《うし》に食《く》わせりゃ

ランララララ　ララララ
ララララ　牛《うし》さんが（モグモグ）
ララララ　なんつぶも（食《く》うぜぇ）
うは！　イチゴを食《く》ったぞ
その牛《うし》　しぼれよ
これ～で完《かん》～成《せい》～！♪

歌《うた》い終《お》わったノリオは、ぐいぐいぐいっと牛乳《ぎゅうにゅう》を飲《の》み干《ほ》した。
ぷはーっと笑顔《えがお》でお酒《さけ》を飲《の》む、しんせきのオジサンみたいな顔《かお》で声《こえ》をあげた。

「牛乳《ぎゅうにゅう》は、牛《うし》をしぼった汁《しる》！」

は？

そのいい方《かた》は、ちょっとちがう……いや、だいぶちがう！

「コーヒー牛乳《ぎゅうにゅう》やフルーツ牛乳《ぎゅうにゅう》や、飲《の》むヨーグルトだって、いまの歌《うた》とだいたい同《おな》じつくり方《かた》でできているんだ」

完全《かんぜん》にまちがったことを、ノリオは堂々《どうどう》といいはった。

「牛《うし》さんと、牧場《ぼくじょう》のひとたちに、感謝《かんしゃ》だな」

きっとウソをついているんじゃなくて、牛《うし》に食《た》べさせたものが牛乳《ぎゅうにゅう》に混《ま》ざってでてくると、本気《ほんき》で勘《かん》ちがいしているんだろう。

オレたち5年《ねん》1組《くみ》全員《ぜんいん》は、ぽかんとノリオを見《み》るしかなかった。

なにがなんでもひとに親切《しんせつ》にしたいノリオは、いつだって思《おも》いこみがはげしい。

たとえば、あるとき。

『**おじいさんっ、オレが手《て》つだいますよ！**』

ノリオは横断歩道《おうだんほどう》を渡《わた》ったばかりのおじいさんを見《み》つけると——いまから渡《わた》ると思《おも》いこんで、ひょいと持《も》ちあげ、もといた場所《ばしょ》に戻《もど》してしまった。

『**いまのはコイツじゃない！　いいか、ぜったいにコイツじゃないぞ！**』

給食中《きゅうしょくちゅう》に小《ちい》さくおならをした子《こ》をかばうため——その子《こ》を指《ゆび》さし「おならをしたのはコイツじゃないぞ！」と、立《た》ちあがってクラス中《じゅう》にアピールした。

『**ちょっと大《おお》きいが、これをはけ！**』

海水《かいすい》パンツを忘《わす》れた小《しょう》2の子《こ》がいると聞《き》けば——自分《じぶん》が1時間目《じかんめ》に使《つか》い終《お》わったビシャビシャでブカブカの海《かい》パンを届《とど》けようと、2年生《ねんせい》の教室《きょうしつ》にかけこんだこともあった。

などなど。

ノリオに、まったく悪気《わるぎ》はない。

自分《じぶん》の行動《こうどう》が親切《しんせつ》になるんだと、本気《ほんき》で思《おも》いこんでいる。

けれども、だからなおさら、ノリオの親切《しんせつ》が不安《ふあん》でしかたがないことがオレにはあるんだ。

牛乳《ぎゅうにゅう》ビンを持《も》ったまま、ノリオは大《おお》きくわらう。

「オレは、みんなに親切《しんせつ》にしたいんだ。困《こま》っているひとをほうっておけないんだ。田中《たなか》もえんりょなんかするんじゃねぇぞ。ぶははははは！」

ぽかんとするオレたちの反応《はんのう》をまるで気《き》にせず、ノリオは空《から》の牛乳《ぎゅうにゅう》ビンを高《たか》く持《も》ちあげた。

「そうだ！　今日《きょう》はオレから、大事《だいじ》なお知《し》らせがあるぞ！」

えらそうに、クラスを見《み》まわすノリオ。

なんだ、なんだ？

ノリオの急《きゅう》な行動《こうどう》に、オレたちは顔《かお》を見合《みあ》わせてかたまってしまう。

「来週《らいしゅう》、大久保《おおくぼ》家《け》では、弟《おとうと》たちの誕生日会《たんじょうびかい》をひらく！」

「弟《おとうと》……たち？」

オレと同《おな》じ給食班《きゅうしょくはん》の鈴木《すずき》ミノルが首《くび》をかしげた。

「ねえ、田中《たなか》くん。弟《おとうと》たちの誕生日《たんじょうび》って、どういうこと？」

ミノルは今年《ことし》になって5年《ねん》1組《くみ》に転入《てんにゅう》してきたから、ノリオの兄弟《きょうだい》のことを知《し》らなかったみたいだ。

オレはミノルに説明《せつめい》した。

「ノリオは4人兄弟《にんきょうだい》なんだ。小《しょう》3に双子《ふたご》の弟《おとうと》がいるから、その誕生日会《たんじょうびかい》なんだろうな」

「4人兄弟《にんきょうだい》なのっ？」

目《め》を丸《まる》くするミノル。

「兄弟《きょうだい》が多《おお》いんだね」

「ああ。双子《ふたご》の弟《おとうと》は、たしか、ノリスケとノリゴロウっていったかな。3年《ねん》1組《くみ》と2組《くみ》にいる。その下《した》の小《しょう》1には、ノリカって妹《いもうと》がいたはずだ」

「へえ！　ノリオって、長男《ちょうなん》だったんだ！」

ミノルの声《こえ》に、ノリオがオレたちを指《ゆび》さした。

「おい、田中《たなか》！　ミノルも！　オレがしゃべっているんだから話《はなし》を聞《き》け！」

ノリオはオレたちを注意《ちゅうい》してから、話《はなし》をつづけた。

「オレの双子《ふたご》の弟《おとうと》、ノリスケとノリゴロウの誕生日会《たんじょうびかい》に、ぜひともクラスのみんなにきてほしい。ぱーっと、みんなでお祝《いわ》いをしたいんだ」

「みんなでお祝《いわ》い？」

誰《だれ》かの声《こえ》に、ノリオは大《おお》きくうなずいた。


「当日《とうじつ》は母《かあ》ちゃんが、大久保家特製《おおくぼけとくせい》『ノリノリからあげ』をつくってくれるぞ！」


「ノリノリからあげ？」

オレの疑問《ぎもん》に、ノリオは本当《ほんとう》にうれしそうにこたえた。

「おうよ、田中《たなか》。オレん家《ち》ではな、うれしいことがある日《ひ》にはかならず母《かあ》ちゃん特製《とくせい》のからあげを食《た》べるんだ。食《た》べればうまくて、ノリノリで踊《おど》りだしたくなるからあげだ」

そのからあげは、学校《がっこう》の給食《きゅうしょく》レシピを参考《さんこう》にした大久保《おおくぼ》家《け》のアレンジ・レシピで、ノリオが小学校《しょうがっこう》1年生《ねんせい》のころからずっと食《た》べているほどおいしいらしい。

「ノリスケとノリゴロウのクラスの友《とも》だちも、みんなオレの家《いえ》に呼《よ》ぶぜ」

イエーイ
フォー
アゲアゲ
NORINORI

「えええっ、みんな呼《よ》ぶの？　そんなに大勢《おおぜい》、いっぺんに家《いえ》にはいれないよ」

ミノルがおどろく。

笑顔《えがお》のノリオは、ゆっくりと首《くび》を横《よこ》にふった。

「うちは広《ひろ》くはないけれど、なーに、ひとは多《おお》いほうが楽《たの》しい。100人《にん》きてもだいじょーぶ！　家《いえ》の中《なか》で、おしくらまんじゅう大会《たいかい》でもしていると思《おも》えばいいだろ？」

え？　それは大事件《だいじけん》だ。泣《な》きながらノリオのおしりにつぶされるクラスのみんなを想像《そうぞう》しながら、オレは思《おも》わず叫《さけ》んでしまった。

「100人《にん》でいっぺんにおしくらまんじゅうをしたら、20人《にん》くらいは骨折《こっせつ》するぞ！」

「とにかく、来週《らいしゅう》の火曜日《かようび》だ。みんな、かならずこいよ！」

オレの話《はなし》をまったく聞《き》かずに、ノリオは満足《まんぞく》そうにわらってから、自分《じぶん》の席《せき》に戻《もど》っていった。


……けれども。

「おおっと」

ノリオはすぐに、配膳台《はいぜんだい》へと戻《もど》ってきた。

「いけねぇ。おかわりジャンケンのことを、すっかり忘《わす》れていたな」

ノリオはいつも、おかわりジャンケンをしきっている。

というのも、ノリオは5年《ねん》1組《くみ》の『おかわりジャンケン係《がかり》』だったから。

「ほほう。今日《きょう》のデザートは、オレンジゼリーか」

そもそも「おかわりジャンケン係《がかり》」なんてのは、5年《ねん》1組《くみ》にはなかった。

ところがノリオはどうしても、おかわりジャンケンを自分《じぶん》でしきりたがった。

きっと「係《かかり》になれば、おかわりジャンケンにかならず参加《さんか》できておトクだ」と考《かんが》えたんだろう。

そして係《かかり》を決《き》めるとき、担任《たんにん》の多田見《ただみ》マモル先生《せんせい》にこんなおねがいをしていた。

――いまからクラスみんなにジャンケンで勝《か》ったら、オレを「おかわりジャンケン係《がかり》」にしてください！

するとノリオは、なんと多田見先生《ただみせんせい》もふくめた5年《ねん》1組《くみ》のクラスみんなに、ジャンケンで勝《か》ってしまったんだ。

しかも、使《つか》ったのは「グー」1種類《しゅるい》だけ。

ここで5年《ねん》1組《くみ》に生《う》まれたのが、『ノリオの伝説《でんせつ》のグー』だった。

「てめーらぁ、オレンジゼリーをかけて、あとでオレとジャンケンで勝負《しょうぶ》だ！　オレに勝《か》ったら、おかわりゲットだぜ！　いいなっ？」

ノリオは右手《みぎて》を『伝説《でんせつ》のグー』にして、優勝《ゆうしょう》したボクサーみたいに高《たか》くあげた。

「いつ、誰《だれ》のおかわりジャンケンでも、オレは受《う》ける！」

ノリオは鼻毛《はなげ》全開《ぜんかい》のにこにこ顔《がお》で、クラスのみんなに呼《よ》びかけた。

*

ところが、翌朝《よくあさ》。

「くそぉ！」

昨日《きのう》の鼻毛《はなげ》全開《ぜんかい》のにこにこ顔《がお》がウソみたいだ。

学校《がっこう》にきたノリオは、ランドセルをほうり投《な》げるほど怒《おこ》っていた。

今朝《けさ》のノリオは、登校班《とうこうはん》にはまにあわなかった。ひとりだけ朝《あさ》の会《かい》の5分前《ふんまえ》になって、教室《きょうしつ》にすべりこんできた。

「あ。おはよう、ノリオ。今日《きょう》はめずらしくおそかったな」

オレがなんとなく声《こえ》をかけると。

「ああ、もう！　田中《たなか》、ちょっと聞《き》け！」

興奮《こうふん》した感《かん》じのノリオは、ぐいぐい顔《かお》を近《ちか》づけてきた。

オレの目《め》の前《まえ》が、ノリオの丸顔《まるがお》でいっぱいになる。

顔《かお》が近《ちか》い。本当《ほんとう》に近《ちか》い。はく息《いき》がかかる。しゃべるとつばもかかりそう。ひょっとしたら鼻毛《はなげ》の先《さき》が、オレの顔《かお》にふれているんじゃないだろうか？　ああぁっ！　チューだけは、ぜったいにいやだぞ！

「そ、そ、そんなに怒《おこ》ってどうしたんだよ？」

オレはちょっとうしろにさがった。

ノリオはそのぶん、ぐいっと近《ちか》づき、声《こえ》をあげた。

「誕生日会《たんじょうびかい》は、中止《ちゅうし》だ！」

「え？」

昨日《きのう》あんなに、にこにこと、楽《たの》しみにしていたはずなのに。

びっくりするオレたちにかまわず、ノリオはクラスのみんなに聞《き》こえるように「中止《ちゅうし》だ！」「中止《ちゅうし》！」「誕生日会《たんじょうびかい》は中止《ちゅうし》にする！」と叫《さけ》んでいた。

「どうしてだよ、ノリオ？」

「どーしたも、こーしたも、ねぇよ！」

ふひー、ふひー。

ノリオの鼻息《はないき》はあらい。ゆれる鼻毛《はなげ》が、なんだか一緒《いっしょ》に怒《おこ》っているように見《み》える。

「ふんっ。母《かあ》ちゃんめ！」

「母《かあ》ちゃん？」

オレは首《くび》をかしげた。

ノリオの母《かあ》さんは、病院《びょういん》の看護師《かんごし》さんをしている。昼《ひる》に仕事《しごと》にいくこともあれば、夜《よる》の病院《びょういん》で入院《にゅういん》している患者《かんじゃ》さんの世話《せわ》をするなど、とてもいそがしく働《はたら》いている。

たしか、すごくやさしいひとだって、聞《き》いたことがあったんだけどな？

「ノリスケとノリゴロウの誕生日会《たんじょうびかい》の日《ひ》にな、母《かあ》ちゃん、どうしても休《やす》めない急《きゅう》な仕事《しごと》がはいったんだとよ」

今朝《けさ》、それを聞《き》いたノリオは、学校《がっこう》におくれるのもおかまいなし。家《いえ》をでる前《まえ》に、母親《ははおや》と大《おお》ゲンカをしてきたらしい。

「ノリオ。それはしょうがないじゃないか」

「そうだよ、仕事《しごと》があるんでしょ？」

「だってよぉ！」

オレとミノルの言葉《ことば》を消《け》すみたいに、ノリオの声《こえ》がまたひとつ大《おお》きくなった。

「昨日《きのう》もちょっとだけいっただろ？　オレん家《ち》ではな、うれしいことがある日《ひ》にはかならず、母《かあ》ちゃん特製《とくせい》の『ノリノリからあげ』を食《た》べるんだぜ？　ノリスケもノリゴロウも、だから泣《な》きだしちまったんだ」

「おいおい。『だから泣《な》きだしちまった』って、どういうことだよ？」

ノリオがなにをいっているのか、さっぱりわからない。

今朝《けさ》のノリオと母親《ははおや》との大《おお》ゲンカは、泣《な》きながら叫《さけ》んだ弟《おとうと》たちの言葉《ことば》がキッカケだったんだとノリオはいう。

母親《ははおや》がからあげをつくれないとわかると、ノリオの弟《おとうと》たちは、ふたり同時《どうじ》にこういったらしい。


「母《かあ》ちゃんは、ぼくたちの誕生日《たんじょうび》がうれしくないの?」


双子《ふたご》の兄弟《きょうだい》はダブルで泣《な》いて、両側《りょうがわ》から母親《ははおや》を困《こま》らせたそうだ。

「いそがしくてもからあげつくれよ! 弟《おとうと》たちは泣《な》いてたんだぞ!」

ノリオは机《つくえ》をドンとたたいた。

「顔《かお》を洗《あら》ったばっかりなのに、なみだと鼻水《はなみず》で、朝《あさ》から顔《かお》はぐっちゃぐちゃだ!」

「……なぁ、ノリオ。ちょっとええか?」

横《よこ》の机《つくえ》に座《すわ》って話《はなし》を聞《き》いていた難波《なんば》ミナミが、少《すこ》しあきれたように口《くち》をひらいた。

ミナミは近所《きんじょ》で人気《にんき》の『難波食堂《なんばしょくどう》』の子《こ》だ。家《いえ》の手《て》つだいをしているから、料理《りょうり》がとてもうまい。くさいにおいをかぐとめちゃくちゃふきげんになるという、ちょっと変《か》わった特徴《とくちょう》がある。

「それって、オカンにたよりきっとるだけやんけ。かっこ悪《わる》いで」

きげんの悪《わる》いノリオは、ケンカごしにこたえた。

「なんだ、ミナミ。オレはイライラしているんだ。ケンカならあとにしろ」

ふひー、ふひー。

カッカしてきたノリオの鼻毛《はなげ》が、ふたたびはげしく動《うご》きだす。

ミナミはぴょんと机《つくえ》から飛《と》びおりた。

「そないに弟《おとうと》たちが、誕生日《たんじょうび》にからあげ食《た》べたいっていうんやったらなぁ」

ミナミはふひふひ荒《あら》いノリオの鼻先《はなさき》を指《ゆび》さした。

ノリオの鼻《はな》の穴《あな》に、ミナミの指《ゆび》がズボッとはいらなければいいなとオレは思《おも》った。

「おまえが、オカンに代《か》わって、からあげをつくってあげたらええやんけ？」

「ふひー、ふっ？ ……ふ、ふ、ふぅむ」

ミナミの指先《ゆびさき》を寄《よ》り目《め》で見《み》たまま、ノリオも鼻毛《はなげ》も動《うご》きをとめた。

「無理《むり》だろ、ミナミ。ノリオは料理《りょうり》をしないんだ」

オレは横《よこ》から会話《かいわ》にはいる。

「しかもからあげは、熱《あつ》い油《あぶら》を使《つか》う料理《りょうり》だぞ。あぶないじゃないか」

「わからんで。やってみたら、あんがいノリオは料理《りょうり》の天才《てんさい》かもしれへん」

なんて、オレとミナミがもめていると。

「なぁ、田中《たなか》」

さっきまでふひーふひーと怒《おこ》っていたはずのノリオが……しずかに口《くち》をひらいた。

「からあげって、どうやってつくるんだ？」

なんとノリオは、ミナミの考《かんが》えに納得《なっとく》したみたいなんだ。

「たしか、うちの母《かあ》ちゃんのからあげは、御石井小学校《おいしいしょうがっこう》で教《おし》えてもらった給食《きゅうしょく》のレシピがもとになっているんだ。そのレシピを見《み》りゃ、オレにもつくれるのか？」

「うーん……油《あぶら》であげるし、けっこうあぶないぜ？　いつも料理《りょうり》をしないのに、熱《あつ》い油《あぶら》を使《つか》うのはぜったい無理《むり》だろ？」

「気《き》をつける。熱《あつ》い油《あぶら》からは目《め》をはなさん」

なにをやらかすかわからないノリオに、ひとりであげものなんかさせたらまずい。

けど、まぁ。

今日《きょう》の放課後《ほうかご》に、家庭科室《かていかしつ》でためしに一緒《いっしょ》につくってみようか。

「そしたら、ノリオ。ちょっと待《ま》っててくれ」

オレは机《つくえ》から、田中家秘伝《たなかけひでん》のノートを持《も》ってきた。

これはオレの母《かあ》ちゃんが残《のこ》してくれたレシピ集《しゅう》で、学校《がっこう》にくるときにもかならず持《も》ってきているオレの宝物《たからもの》だ。

「御石井小学校《おいしいしょうがっこう》のつくり方《かた》とはちがうけどな」

とオレは秘伝《ひでん》のノートをめくると、からあげのページを指《ゆび》さした。

「からあげをつくるのって、やることはそんなに多《おお》くないんだ」

「ほう」

腕《うで》を組《く》み、ぐいっとノートをのぞきこむノリオ。

「すげー簡単《かんたん》に説明《せつめい》するぞ。とり肉《にく》をきって、小麦粉《こむぎこ》をつけて、油《あぶら》であげる。これだけだ」

「え、それだけ？」

「おう。おいしくするには、いろいろコツがあるけどな。たとえば、ビニール袋《ぶくろ》にしょう油《ゆ》やしょうがのはいったタレと、とり肉《にく》をいれて、よーくもみこんでおくといい」

「そうなのか。よし、わかった」

大《おお》きくうなずき、ノリオは決意《けつい》した。


「オレが、弟《おとうと》たちの誕生日会《たんじょうびかい》を、なんとしてでも成功《せいこう》させてやる！」


母親《ははおや》に代《か》わってからあげをつくるんだと、ノリオはオレたちの前《まえ》で宣言《せんげん》した。

ノリオがこんなに弟思《おとうとおも》いだったなんて、オレは知《し》らなかった。なんだか感心《かんしん》してしまったくらいだ。

ところが。

「よーし。まずは……」

ノリオは大《おお》きくまたをひらくと、腰《こし》を落《お》とし、すーはーすーはー深呼吸《しんこきゅう》を始《はじ》めた。

空手《からて》の達人《たつじん》が、木《き》の板《いた》をパンチで割《わ》る直前《ちょくぜん》みたいなかっこうだ。

それから自分《じぶん》の両方《りょうほう》の手《て》をパーにして、ノリオは見《み》おろす。

突然《とつぜん》ぎゅっとグーにして、にやりとわらった。

「もんでやるぜっ」

キッパリと、いいきった。

「「「へ？」」」

ノリオからでてきたおかしな空気《くうき》に、オレとミノルとミナミで顔《かお》を見合《みあ》わせる。

「タレにつけたとり肉《にく》を、もんでやる！　もみまくってやる！」

自分《じぶん》からでているおかしな空気《くうき》なんか気《き》にしない。

血走《ちばし》った目《め》で、両方《りょうほう》の手《て》をふたたびパーにして見《み》おろすノリオ。

「ノリスケとノリゴロウのために、よーく、よーく、もんでやるぜ！　うりゃああああああ！」

「ノ、ノ、ノリオっ？」

「もぉぉぉぉぉみもみもみもみもみもみもみもみっ、もみぃぃぃぃぃぃぃ！」

ノリオは両手《りょうて》をじっと見《み》おろしたまま、手《て》のひらにのせたなにかを、いっしょうけんめいもみ始《はじ》めた。

「……ノリオくん、目《め》が怖《こわ》いよぉ」

いつもやさしいクラス委員《いいん》の三田《みた》ユウナまで、さすがに顔《かお》をひきつらせていた。

「ねぇ、田中《たなか》くん」

ミノルに呼《よ》ばれて、ふりかえった。

「これは今日《きょう》の放課後《ほうかご》、ノリオと一緒《いっしょ》に家庭科室《かていかしつ》でからあげづくりだね」

「おう。もちろんそのつもりだぜ。ノリオひとりで料理《りょうり》だなんて、なにをやらかすかわからないもんな」

すると、黒板《こくばん》のほうから。

「うわあっ、大久保《おおくぼ》くんっ？」

朝《あさ》の会《かい》をしにきた多田見先生《ただみせんせい》が、本当《ほんとう》にめずらしく大《おお》きな声《こえ》をあげた。

「いったい、なにをしているのですか？　先生《せんせい》、腰《こし》がぬけちゃいましたよ」

おどろきすぎた先生《せんせい》は、ヘナヘナとその場《ば》に座《すわ》りこんだ。

もみ
もみ
もみ
もみ
もみ
もみ
もみ
もみ
もみ
もみ
もみ
もみ
もみ
もみ
もみ

＊

その日《ひ》の放課後《ほうかご》。

いつも放課後《ほうかご》にサッカーをしているメンバーが、ノリオに声《こえ》をかけた。

「ノリオ、サッカーいこうぜ！」

「すまん。オレは今日《きょう》、用事《ようじ》がある！」

ノリオはサッカーをことわると、ランドセルをつかんだ。

「じゃあな、田中《たなか》！」

ノリオは廊下《ろうか》へむかっていく。

「え？　おい、ノリオ！」

オレはあわてて声《こえ》をかけた。

いまから、ノリオと一緒《いっしょ》に家庭科室《かていかしつ》へいくつもりだったんだけど。

「家庭科室《かていかしつ》にいかないのかよ？」

、

一緒《いっしょ》にからあげをつくって、こまかいつくり方《かた》を教《おし》えるつもりでいたのに。

「なーに、だいじょうぶだ」

ぜったいにだいじょうぶではないはずなのに、ノリオは胸《むね》をはった。

「つくり方《かた》は、朝《あさ》に見《み》せてもらった田中《たなか》のノートでわかったからな」

「え？」

「まずはとり肉《にく》を買《か》う。で、きって、もんで、小麦粉《こむぎこ》をつける。それを油《あぶら》の中《なか》にドボンだ。どうだ、かんぺきだろ」

いや、まぁ、それはたしかにそうなんだけど。ドボンって……。

「さっそく家《いえ》で、つくってみるぞ！」

「ノリオ、火《ひ》だけはぜったいに気《き》をつけろよ！」

「おう！　ガスコンロの近《ちか》くで、おならはぜったいにガマンするぜ！　爆発《ばくはつ》したら、怖《こわ》いもんな」

そういうことじゃない！

オレの言葉《ことば》を誤解《ごかい》したまま、ノリオは大《おお》いそぎで帰《かえ》っていった。

「ねぇ、田中《たなか》くん？」

オレに声《こえ》をかけたユウナは、不安《ふあん》そうな顔《かお》をしていた。

「ノリオくんのことだもん。なんだか、いやな予感《よかん》しかしないよね」

「まぁな。……でもさぁ」

ユウナの言葉《ことば》に、オレは大《おお》きくうなずいたんだけど。

「あいつ、弟《おとうと》たちのために、本当《ほんとう》にいっしょうけんめいなんだよな」

「あ。そういえば、そうだね」

いつだって失敗《しっぱい》するノリオの親切《しんせつ》が、今度《こんど》こそうまくいったらいいなとオレは思《おも》っていた。


ノリオと家庭科室《かていかしつ》にいく用事《ようじ》がなくなったので、オレとミノルはそのまま帰《かえ》ることにした。

階段《かいだん》をくだり、1階《かい》の長《なが》い廊下《ろうか》を下駄箱《げたばこ》へむかって歩《ある》く。

給食調理室《きゅうしょくちょうりしつ》の前《まえ》を、通《とお》りかかったときのことだ。

「田中《たなか》くんっ」

急《きゅう》に呼《よ》ばれてびっくりした。

「待《ま》ちたまえ！」

あっ。このいい方《かた》は、もしかして！

この声《こえ》の主《ぬし》は、オレが尊敬《そんけい》している天才《てんさい》・給食《きゅうしょく》マスターの増田先輩《ますだせんぱい》だ！

増田先輩《ますだせんぱい》は、世界《せかい》をまたにかけて活躍《かつやく》する天才《てんさい》・給食《きゅうしょく》マスター。給食《きゅうしょく》マスターっていうのは給食《きゅうしょく》の神様《かみさま》みたいな存在《そんざい》だ。世界中《せかいじゅう》のみんなが飢《う》えの苦《くる》しみを乗《の》りこえた世《よ》の中《なか》をつくるというのが、増田先輩《ますだせんぱい》の大《おお》きな目標《もくひょう》なんだ。

「増田先輩《ますだせんぱい》は、今日《きょう》はどこからあらわれるのかな？」

増田先輩《ますだせんぱい》は、いつ、どこからやってくるのかわからない。

ミノルもオレも、まわりをきょろきょろ見《み》まわしながら、増田先輩《ますだせんぱい》の登場《とうじょう》を待《ま》った。

すると。

チーン！

突然《とつぜん》、給食調理室《きゅうしょくちょうりしつ》の横《よこ》にあった、給食用《きゅうしょくよう》のエレベーターの音《おと》が鳴《な》ったんだ。

ドアがひらき、そこからゆっくりと廊下《ろうか》へでてきたのは……。

「金色《きんいろ》の、給食配膳台《きゅうしょくはいぜんだい》だ！」

それは増田先輩《ますだせんぱい》の持《も》ち物《もの》で、上《うえ》に座《すわ》ってもかまわない、移動専用《いどうせんよう》の台《だい》なんだ。

ところが増田先輩《ますだせんぱい》は、その台《だい》の上《うえ》に座《すわ》ってはいなかった。

なんと増田先輩《ますだせんぱい》は、金色《きんいろ》の配膳台《はいぜんだい》の上《うえ》に、横《よこ》たわっていたんだ。

「げふん、げふんっ。あ、味気《あじけ》ない世界《せかい》に、給食《きゅうしょく》を……」

「えええっ、先輩《せんぱい》！　いったいどうしたんですかっ？」

おかしいぞ。

なんだかものすごく元気《げんき》がない。

せきこむのはいつものことなんだけど、あまりに体調《たいちょう》が悪《わる》そうだ。

ちょっといいにくいんだけど……。

この金色《きんいろ》の配膳台《はいぜんだい》がなんだか手術室《しゅじゅつしつ》にかけこむ患者《かんじゃ》さんをのせた台《だい》みたいに見《み》えてし

チーン
1
ガラ
ガラ
ガラ

まったくらい、オレは増田先輩《ますだせんぱい》のことが心配《しんぱい》になってしまった。

「い、いやぁ、田中《たなか》くん。ご、ご、ごきげんよ、う」

ずいぶん具合《ぐあい》が悪《わる》そうなのに、増田先輩《ますだせんぱい》はいつものようにていねいにあいさつをしてくれた。

よろよろと起《お》きあがる増田先輩《ますだせんぱい》。

「キミに用事《ようじ》があったのだが、ひとりではこられそうもなくてね」

と、いいながら増田先輩《ますだせんぱい》は、チラリとエレベーターの奥《おく》を見《み》た。

そこには配膳台《はいぜんだい》を押《お》してきたらしい、ひとりのおとなのひとがいた。

「我《わ》が家《や》の運転手《うんてんしゅ》さんに、ここまで運《はこ》んできてもらったのさ」

運転手《うんてんしゅ》さんだという男性《だんせい》は、オレたちに黙《だま》って頭《あたま》をさげる。

「先輩《せんぱい》、どうしたんですか。ものすごく体調《たいちょう》が悪《わる》そうですよ」

なんで、こんなつらそうなんだ。

なにか大《おお》きな事件《じけん》にでも、まきこまれたんじゃないだろうか？

「じつは、『暴食盗団《ぼうしょくとうだん》』をおっていたのだが、彼《かれ》らの情報《じょうほう》をつかもうと、どうやらがんばりすぎてしまったみたいでね」

増田先輩《ますだせんぱい》は『暴食盗団《ぼうしょくとうだん》』という悪《わる》い給食《きゅうしょく》マスターをおっていた。食《しょく》に関《かん》して困《こま》ったひとのために活躍《かつやく》する給食《きゅうしょく》マスターなのに、中《なか》には悪《わる》いやつもいるみたいだ。

「近々《ちかぢか》、田中《たなか》くんにも、『暴食盗団《ぼうしょくとうだん》』に関《かん》する指令《しれい》がくると思《おも》う」

「え、本当《ほんとう》ですかっ？」

オレは一瞬《いっしゅん》で緊張《きんちょう》したが、増田先輩《ますだせんぱい》はそっとほほえむ。

「そのときは、一《ひと》ツ星《ぼし》の給食《きゅうしょく》マスターとして、キミの力《ちから》を貸《か》してほしい」

そういって増田先輩《ますだせんぱい》は、オレの胸《むね》についている一《ひと》ツ星《ぼし》のバッジを指《ゆび》さした。

このバッジは、給食《きゅうしょく》マスターであることを示《しめ》すもので、オレが父《とう》さんから受《う》けついだ宝物《たからもの》だ。

「はい！」

増田先輩《ますだせんぱい》は、うなずくオレを見《み》て安心《あんしん》した顔《かお》を見《み》せた。

それから配膳台《はいぜんだい》の上《うえ》に寝《ね》ころがる。

「それではふたりとも……ご、ごきげんよう」

少《すこ》しだけほほえんで、手《て》をふってから。

チーン！

ふたたび給食用《きゅうしょくよう》のエレベーターに乗《の》りこみ、ふたりはそのまま帰《かえ》っていった。

＊

次《つぎ》の日《ひ》の、1時間目《じかんめ》が終《お》わったとき。

ノリオが昨日《きのう》、家《いえ》でうまくからあげをつくれたのか、オレはかなり気《き》になっていた。

それを、ノリオに尋《たず》ねると。

「あ？　……もういいんだよ、からあげは」

「へ？」

「いや、だって、弟《おとうと》たちの誕生日《たんじょうび》につくるって……」

「もう、いい」

「おいおい、できなかったんなら、オレが一緒《いっしょ》につくるぜ？」

「うるせぇなぁ！　田中《たなか》から教《おそ》わる気《き》はねぇよ！」

なんだよ。ずいぶんひどいじゃないか。

ノリオは机《つくえ》をバンとたたくと、それきりだまってしまった。

2時間目《じかんめ》の始《はじ》まるチャイムが鳴《な》ってしまい、ノリオとの会話《かいわ》はここでとぎれた。

「ねぇ、田中《たなか》くん。やっぱり……」

ミノルも気《き》づいたようだった。

ユウナも心配《しんぱい》そうに、ノリオの様子《ようす》をうかがっていた。

「ああ、あいつ。うまくつくれなかったんだろうな」

「でも、どうして正直《しょうじき》にいってくれないのかな？」

「……うーん」

オレは首《くび》をかしげたんだけど……。

そのこたえは、その日《ひ》の昼休《ひるやす》みにわかったんだ。

昼休《ひるやす》みになると、いつものようにノリオはサッカーをしに校庭《こうてい》へでた。

すると、まもなく。

5年《ねん》1組《くみ》の教室《きょうしつ》を、廊下《ろうか》からのぞく3人組《にんぐみ》があらわれた。

「あの、えーと、すみません……」

上級生《じょうきゅうせい》の教室《きょうしつ》だからって、そんなにビクビクしなくてもいいのに。

入《い》り口《ぐち》のドアにつかまるようにして、3人《にん》でたてに顔《かお》をだし、そろーっと教室《きょうしつ》の中《なか》を見《み》ている。

「「田中《たなか》くんは、いますかー？」」

ひと目《め》ですぐに、ノリオの弟《おとうと》たちだとわかった。

「ふふふ。3人《にん》とも、こんにちは」

下級生《かきゅうせい》を見《み》つけたユウナがわらった。

小学《しょうがく》3年《ねん》のノリスケとノリゴロウ、それに小学《しょうがく》1年《ねん》のノリカだった。

弟《おとうと》ふたりはそっくりだったけど、名札《なふだ》を見《み》れば一発《いっぱつ》でふたりの区別《くべつ》はついた。

ただ、区別《くべつ》がつきやすかったのには、他《ほか》にも理由《りゆう》がある。

ノリスケは右《みぎ》の鼻《はな》の穴《あな》から、ノリゴロウは左《ひだり》の鼻《はな》の穴《あな》から、それぞれ鼻毛《はなげ》をほんの少《すこ》しだけ「コンニチハ☺」させていたんだ。

「……いますかー？」

ところが小学《しょうがく》1年《ねん》のノリカは、ノリオにまったく似《に》ていなかった。やせた、鼻《はな》の高《たか》い、小《ちい》さな子《こ》だった。きっとお父《とう》さん似《に》なんだろう。もちろん「コンニチハ☺」はしていない。

「おい、おまえら。どうしたんだよ？」

「兄《にい》ちゃん、いま、いないよね？」

3人組《にんぐみ》はきょろきょろと5年《ねん》1組《くみ》にノリオをさがす。

「おう。ノリオ、サッカーにいったばっかりだぞ」

オレの言葉《ことば》を聞《き》いて、ノリカがほっとした顔《かお》を見《み》せた。

それからノリスケが口《くち》をひらく。


「おねがいです。兄《にい》ちゃんに料理《りょうり》を、教《おし》えてあげてください」


「ん、どういうことだよ？」

「うんうん、そうそう」

オレが聞《き》きかえした横《よこ》で、ノリゴロウがあいづちをうった。

「じつは……」

3人《にん》を代表《だいひょう》してしゃべる、右《みぎ》から鼻毛《はなげ》のノリスケ。

「昨日《きのう》、兄《にい》ちゃんが学校《がっこう》から帰《かえ》ってきてから、たいへんだったんだ。『からあげをつくってやるぞ！』って、がんばってくれたんだけど……」

「うんうん、そうそう」

よくしゃべるノリスケと、あいづちのノリゴロウ。だまって聞《き》いているノリカ。

どうやらノリオの料理《りょうり》は、かなりメチャクチャだったらしい。

というのも……。

「誕生日《たんじょうび》かぁ……あ、そうだっ！　紅白《こうはく》って、正月《しょうがつ》みたいでめでたいぞ！」

ノリオは赤《あか》と白《しろ》のからあげをつくろうと、まずはメモに、アイディアを書《か》きだしたんだけど。

「おい、おまえらこのメモを見《み》ろ！」

メモ書《が》きを見《み》せられた3人組《にんぐみ》は、おどろきすぎてかたまってしまったらしい。

「ふーむ。やっぱりオレは、天才《てんさい》だったみたいだな」

赤《あか》は、激辛《げきから》トウガラシ味《あじ》で、食《た》べると命《いのち》にかかわるレベルで辛《から》いからあげ。

白《しろ》は、大量《たいりょう》の塩《しお》まみれで、食《た》べると命《いのち》にかかわるレベルで塩辛《しおから》いからあげ。

ノリオのからあげには、病院《びょういん》いきの危険《きけん》があった。

3人組《にんぐみ》がぽかんと見守《みまも》る中《なか》で、ノリオは鼻歌《はなうた》まじりに料理《りょうり》を始《はじ》めた。

「えーと、たしかとり肉《にく》を、きって、もんで、小麦粉《こむぎこ》をつけて、油《あぶら》へドボンだったよな」

しかし、包丁《ほうちょう》はあぶないからと。

「ふんっ！　ふんっ！」

ぶちんっ。ぶちんっ。

ノリオは素手《すで》で、とり肉《にく》をひきちぎっていった。

それからビニール袋《ぶくろ》にしょう油《ゆ》をいれて、とり肉《にく》をもみ始《はじ》めたんだけど。

「もぉぉぉぉぉみもみもみもみもみもみっ、もみぃぃぃぃぃぃ！」

もみすぎた結果《けっか》、ビニール袋《ぶくろ》の中《なか》のとり肉《にく》は、すべてドロドロのシェイクみたいになっちゃったんだそうだ。

「肉《にく》をもんで、ドロドロに……」

ミノルが困《こま》った顔《かお》でおどろいた。

結局《けっきょく》、小麦粉《こむぎこ》をつけて油《あぶら》であげるところまで、ノリオはできなかったらしい。

「兄《にい》ちゃんの考《かんが》えたあんなあぶないからあげを食《た》べたら、救急車《きゅうきゅうしゃ》で病院《びょういん》に運《はこ》ばれちゃうよ。ぼく、運《はこ》ばれた先《さき》の病院《びょういん》で母《かあ》ちゃんに『ノリスケ、あんたなにしてんのっ？』って、怒《おこ》られるのはいやなんだよ」

情《なさ》けない声《こえ》で、ノリスケがつぶやいた。

「でも……」

小《しょう》1のノリカがかなしそうにオレにいった。

「兄《にい》ちゃんは、本当《ほんとう》にいっしょうけんめいだったから……」

「うんうん、そうそう」

「料理《りょうり》をやめてって、いえないの」

「そうだったのかぁ……」

オレは頭《あたま》をかかえた。

やっぱりノリオの親切《しんせつ》は、残念《ざんねん》だけど、3人組《にんぐみ》を困《こま》らせてしまっているみたいだ。

「でも、つくれないなら、田中《たなか》くんに聞《き》けばいいのにね」

ミノルがいった。

「たしか2時間目《じかんめ》が始《はじ》まる前《まえ》に、ノリオは怒《おこ》りながら『田中《たなか》から教《おそ》わる気《き》はねぇよ！』っていっていたよね」

「ああ、そうだったよな」

バンと机《つくえ》をたたいて、ノリオはだまってしまったんだっけ。

「なんでかな？　あんまり、田中《たなか》くんから、料理《りょうり》を教《おそ》わるつもりはなさそうだったんだよなぁ」

「あ、ミノルくん」

首《くび》をかしげるミノルに説明《せつめい》しようと、ノリスケが口《くち》をひらいた。

「それはね……」

「うんうん、そうそう」

おい、ノリゴロウっ？

ノリスケはまだミノルになんにも説明《せつめい》してないぞ？

「たぶん、田中《たなか》くんの力《ちから》を借《か》りちゃうと、ダメだと思《おも》ってるんだ」

「オレの力《ちから》を借《か》りると、ダメ？」

よく意味《いみ》がわからなかった。

「うん。だって、兄《にい》ちゃん、昨日《きのう》だって母《かあ》ちゃんとケンカをしていたときに『母《かあ》ちゃんがやらねぇから、オレひとりでからあげをつくってやるんだ！』っていっちゃってたんだもん」

ああ、そういうことか。

オレの助《たす》けを借《か》りちゃうと、母《かあ》ちゃんに大《おお》きなことをいったのに、できないじゃないかって話《はなし》になっちゃう。

そんなふうにノリオは思《おも》っているんだろう。

３人組《にんぐみ》は、ノリオのお兄《にい》ちゃんとしてのプライドを守《まも》ってやりたくて、こっそりオレに会《あ》いにきたみたいだ。

ちょっと考《かんが》えてから、オレはこたえた。

「わかった。ノリオに、からあげのつくり方《かた》を教《おし》えてみるよ」

３人組《にんぐみ》の表情《ひょうじょう》が、みるみる、ぱーっと明《あか》るくなる。

「もちろんおまえたちからのおねがいだってのは、ヒミツにするさ」

3人組《にんぐみ》は手《て》をとり合《あ》ってよろこんだ。

「「田中《たなか》くん、ありがとう！」」

でも、オレから教《おそ》わるつもりはノリオにはないみたいだったから……。

ノリオに料理《りょうり》を教《おし》えるには、なにかうまい作戦《さくせん》が必要《ひつよう》かもしれないなぁ。

「あとさぁ……おまえたち、ちょっと聞《き》いていいか？」

「ノリオって、まだ母《かあ》ちゃんとケンカしてるのかよ？」

オレの言葉《ことば》に、3人組《にんぐみ》の動《うご》きがとまった。

「…………」

「…………」

「うんうん、そうそう」

3人組《にんぐみ》の中《なか》で、さいしょにしゃべりだしたのは、ノリゴロウだった。

さっきまでほとんど自分《じぶん》の意見《いけん》をいわずに、あいづちばかりうっていたのに。

おしゃべりのにがてなノリゴロウは、ぼそりと、強《つよ》くこういった。

「ぼくとノリスケの誕生日《たんじょうび》のせいで、兄《にい》ちゃんと母《かあ》ちゃんがケンカしてるんだ」

自分《じぶん》の誕生日《たんじょうび》のせいで、誰《だれ》かがケンカをしている。

それは、すごくつらい。

「なんか、ぼく、すごく、『ごめんね』って……」

「だいじょうぶだ」

だんだんと下《した》をむいていくノリゴロウに、オレはいった。

「そっちもオレに、まかせとけ」

ひょっとしたら、それこそを、解決《かいけつ》しなくちゃいけないのかもしれないぞ。

「ノリオのからあげづくりを、手《て》つだってやる！」

3人組《にんぐみ》の目《め》をひとりずつ見《み》ながら、オレははっきりとうなずいた。

3人組《にんぐみ》が帰《かえ》って、すぐに。

「……まだ、まにあうな」

あることを聞《き》きに、オレは職員室《しょくいんしつ》へむかった。

2杯目《はいめ》

田《た》中《なか》十《じゅう》・六《ろく》奥《おう》義《ぎ》・流《りゅう》星《せい》の百《ひゃく》烈《れつ》刺《ざ》し☆

３人組《にんぐみ》が５年《ねん》１組《くみ》にきた日《ひ》の、放課後《ほうかご》。

帰《かえ》りの会《かい》が終《お》わった。

「なぁ、ノリオ」

すぐにミナミは、まだ席《せき》に着《つ》いているノリオのところへかけ寄《よ》った。

「昨日《きのう》いってたからあげづくりは、どうなったんや？」

「あ？　もういいんだよ、からあげは」

「なら弟《おとうと》たちの誕生日会《たんじょうびかい》は、やらへんの？」

「ああ、そうだ。朝《あさ》にもいった気《き》がするぞ。何度《なんど》もいわせるな」

「はあ〜」

ミナミはおおげさにためいきをついた。

「たった1回《かい》やってみてできへんかったからって、あきらめるんか？」

「……なにおぅ？」

大《おお》きなノリオが立《た》ちあがると、ミナミはノリオを見《み》あげた。

「だって、そうやんけ？　もうからあげはつくらへんのやろ？」

「いや、まぁ、それは……」

むむむと、顔《かお》をしかめて悩《なや》むノリオ。

ここでミナミの、もうひと言《こと》。

「やっぱりできへんのか！　うわっ、かっこ悪《わる》っ！」

聞《き》いて怒《おこ》ったノリオの顔《かお》の色《いろ》が、かーっと赤《あか》くなっていく。

むきーっ！

怒《おこ》ったノリオの丸顔《まるがお》は、真《ま》っ赤《か》。

「かっこ悪《わる》いとはなんだ！」

プチトマトにも似《に》ているし、もうちょっとミナミがからかえば、イクラみたいにプチンとはじけてしまいそうだ。

「できないわけじゃない！　たった1回失敗《かいしっぱい》しただけだ！」

「えー、でもうち、ノリオがからあげつくったところ、見《み》たことないもんなぁ」

笑《わら》いながらからかうミナミに、ノリオが叫《さけ》んだ。

「見《み》せてやるよ！　よーし、ミナミ。家庭科室《かていかしつ》にこい！」

ノリオはランドセルをひっつかんだ。

「いまから、オレが特別《とくべつ》に、ノリオのスペシャル紅白《こうはく》からあげをつくってやる！」

真《ま》っ赤《か》なノリオは、頭《あたま》から白《しろ》い湯気《ゆげ》をだしながら教室《きょうしつ》をでていった。

どしんどしんと音《おと》をたてて廊下《ろうか》をあるくノリオ。

そのうしろを、オレとミナミとミノルでついていく。

「へへへ、うまくいったな。ミナミ、サンキュー」

ひそひそと、オレはミナミにお礼《れい》をいった。

「3人組《にんぐみ》の話《はなし》を聞《き》いたら、オレが家庭科室《かていかしつ》にさそっても、ノリオはこなそうだって思《おも》ったからさ」

「このくらい、ええよ。そもそも、うちが『からあげをつくってあげたらええやんけ』っていった責任《せきにん》も、少《すこ》しはあるし」

「そうか。しかしミナミは、ノリオのあつかいが本当《ほんとう》にうまいよなぁ」

「あいつ、すぐムキになるから簡単《かんたん》やで」

オレたちのひそひそ話《ばなし》を聞《き》いて、横《よこ》でミノルは気《き》がついた。

「あああっ！　さては田中《たなか》くん」

ミノルはうれしそうに声《こえ》をあげた。

「ノリオを家庭科室《かていかしつ》につれていくのを、ミナミちゃんにたのんだんだねっ？」

「うわあ、ミノル！」

「声《こえ》がでかいわっ！」

オレとミナミで、両《りょう》サイドからあわててミノルの口《くち》をふさいだ。

ノリオが、ピタリと、立《た》ちどまった。

「…………」

だまったまま、大《おお》きな背中《せなか》を見《み》せて動《うご》かないノリオ。

かたまって、背中《せなか》を見《み》つめるオレとミナミ。

ピリピリした緊張感《きんちょうかん》で、廊下《ろうか》はいっぱいだ。

ここでノリオにバレたらまずい。

このまま怒《おこ》って帰《かえ》っちゃうなんてことになったら、３人組《にんぐみ》との約束《やくそく》が守《まも》れないじゃないか。

「ふんっ」

鼻息《はないき》あらく、ノリオは無表情《むひょうじょう》でふりかえった。


「……わかってんだよ、そんなの」


「え、どういうことだ？」

給食中《きゅうしょくちゅう》にくねくねブリブリおしりをふって踊《おど》ったり、女子《じょし》が怒《おこ》るような下品《げひん》なギャグを何度《なんど》もしつこくいいまくったり。夏《なつ》にはビシャビシャの海水《かいすい》パンツを笑顔《えがお》でかぶったり、冬《ふゆ》にはうっかりパンツ一丁《いっちょう》で登校《とうこう》したり。

朝礼《ちょうれい》が終《お》わって油断《ゆだん》していた校長先生《こうちょうせんせい》に、親《おや》にバレたらぜったいに怒《おこ》られるちょっといえないイタズラをしかけたことだってある。

いつものそういうのがウソみたいだった。

ゆっくり、しずかに、ノリオは口《くち》をひらく。


「田中《たなか》がミナミにたのんだことくらい、オレだって、わかってんだよ」


ノリオの言葉《ことば》に、オレたちは顔《かお》を見合《みあ》わせておどろいた。

「田中《たなか》。２時間目《じかんめ》の前《まえ》に、怒《おこ》っちまって、すまなかったな」

意地《いじ》をはらずに、あやまるノリオ。

さっきプチトマトみたいな顔《かお》で怒《おこ》っていたのがウソみたいだ。

「オレ、あのあと授業中《じゅぎょうちゅう》にずーっと考《かんが》えてたんだけどな」

ぼそぼそと、ノリオはつげる。

「やっぱりノリスケとノリゴロウの誕生日会《たんじょうびかい》、やってやりてぇんだ。大事《だいじ》な日《ひ》に、うまいからあげをつくって、弟《おとうと》たちや妹《いもうと》のノリカに食《た》べさせてぇんだよ」

「ノリオ……」

まさかそんなに、弟《おとうと》たちのことを思《おも》っていたなんて。

「ま、母《かあ》ちゃんには、『オレがからあげをつくってやる』なんてでかいこといっちまったんで、田中《たなか》の助《たす》けをことわっちまったんだけど……でもな」

ノリオはまっすぐにオレを見《み》た。

「やっぱ、田中《たなか》。ミナミも」

大《おお》きなノリオは、ちょこんと小《ちい》さく頭《あたま》をさげた。

ちょこんとさげただけなのに。

ノリオはそれだけ本気《ほんき》みたいで、いつも大《おお》きなノリオの体《からだ》がなんだかものすごく小《ちい》さく見《み》えた。

「弟《おとうと》たちのために、からあげのつくり方《かた》を、オレに教《おし》えてくれ。たのむ」

オレとミナミは、顔《かお》を見合《みあ》わせ笑顔《えがお》になった。

――もちろんだぜ！

オレがそう叫《さけ》ぶ直前《ちょくぜん》のことだ。

「うんうん、そうそう！」

え、このあいづちは？

もしかして、近《ちか》くにノリゴロウがいるのかっ？

「ノリオ、がんばろうね！」

あいづちをうったのは、ミノルだった。

ミノルはノリオにかけ寄《よ》ると、あくしゅし、ぶんぶんとその手《て》をふっていた。ちょっとだけなみだ目《め》だった。

ノリオが弟《おとうと》たちを思《おも》う気持《きも》ちに、なんだか感動《かんどう》していたらしい。

ミノルはこんなことを聞《き》いた。

「でもノリオ、なんでそこまで、弟《おとうと》たちのことを考《かんが》えてあげるのさ？」

「そりゃ、家族《かぞく》だからに決《き》まってんだろ！」

にこり。

「ひとには、やさしく！　だってよぉ……」

ノリオは鼻毛《はなげ》全開《ぜんかい》でわらった。

「オレは、世界《せかい》で一番《いちばん》親切《しんせつ》なんだからな！」

*

御石井小学校《おいしいしょうがっこう》の家庭科室《かていかしつ》は、誰《だれ》でも使《つか》っていいことになっている。

オレたち4人《にん》は家庭科室《かていかしつ》につくと、さっそくからあげづくりの準備《じゅんび》をした。

「よーし。まずは……」

水道《すいどう》の水《みず》で手《て》を洗《あら》い終《お》えたミナミは、すぐに包丁《ほうちょう》やまな板《いた》を洗《あら》い始《はじ》める。

さすがはいつも両親《りょうしん》の『難波食堂《なんばしょくどう》』を手《て》つだっているだけあって、動《うご》きにムダがない。

「ほら、男子《だんし》3人《にん》。なにぼーっと、つっ立《た》っとんねん」

ミナミは洗《あら》いものをしながら、オレたちにテキパキと指示《しじ》を飛《と》ばした。

「田中《たなか》は、冷蔵庫《れいぞうこ》からとり肉《にく》とってきて。やわらかくてジューシーな、もも肉《にく》がええかな。

ミノルは、サラダ油《あぶら》の準備《じゅんび》をしてくれるか？　重《おも》いしすべるから、落《お》とさんよう気《き》ぃつけて。ノリオは、中華鍋《ちゅうかなべ》とボウルを持《も》ってきて……って、コラ、ノリオ」

水道《すいどう》の水《みず》をとめて、ミナミはあきれた。

「中華鍋《ちゅうかなべ》は頭《あたま》にかぶったらアカン。ん？　ああ、そうそうそう。ボウルだったらかぶってもOK《オーケー》……とかないわ。どっちもかぶったらアカンのや」

オレたちがいろいろ持《も》って、ミナミのところへ帰《かえ》ってくると。

「お。みんな、ごくろうさーん」

ミナミは中華鍋《ちゅうかなべ》やボウルと一緒《いっしょ》に、フォークを1本《ぽん》、洗《あら》おうとしているところだった。

「え？　……ふふふふふ。ミナミちゃん、フォークって」

ミノルがこらえきれずにわらっている。

「まだからあげをつくり終《お》わっていないのに、もう食《た》べる準備《じゅんび》をしているの？　はやすぎるよ」

「ん？　ああ、これはからあげを食《た》べるときのフォークやないで」

ミナミもわらった。

「つくるときのフォークなんや」

「つくるときの、フォーク？」

ミノルが首《くび》をかしげている。

ミナミの考《かんが》えにピンときたオレは、こんなことをいった。

「ミナミ、これ、オレがやるよ」

「おお。そしたら田中《たなか》にまかせるわ」

「……ちょっと、派手《はで》にやってやるかな」

思《おも》いつき、オレはひきだしからさらにジャラジャラとフォークをだして、洗《あら》った。

お皿《さら》も1枚《まい》、洗《あら》っておいた。

「おい、おまえらふたりだけで進《すす》めるなよ。わけわからん。説明《せつめい》しろよ」

「そうだね。ぼくも、なんでからあげをつくるときにフォークが必要《ひつよう》なのか、ぜんぜん見《けん》当《とう》がつかないよ」

オレとミナミの会話《かいわ》を聞《き》いて、ミノルとノリオはふしぎそうな顔《かお》をしている。

「田中《たなか》くん、いったいフォークをなにに使《つか》うの……って」

ミノルとノリオは、家庭科室《かていかしつ》の中《なか》で、ぐいっと視線《しせん》を上《うえ》にむけた。

「えーっ！」

「おおおっ。トリが、飛《と》んだぞ！」

というのも、オレはとり肉《にく》をつかむと、軽《かる》〜くぽーんと空中《くうちゅう》へほうっていたから。

そういう意味《いみ》で、叫《さけ》んだノリオは正《ただ》しかった。たしかにとり肉《にく》は家庭科室《かていかしつ》の中《なか》を飛《と》んでいる。

みんなで、空中《くうちゅう》のとり肉《にく》を見《み》あげる。

洗《あら》ったばかりのフォーク４本《ほん》ずつを、すぐに両手《りょうて》のすべての指《ゆび》の間《あいだ》にはさんだ。

「あー、田中《たなか》っ！」

オレを見《み》たノリオのテンションがあがる。

「こういうの、指《ゆび》にエンピツをはさんでよくやるよなっ。『悪魔《あくま》のツメ』だ！」

「あっ、本当《ほんとう》だ！」

ミノルもちょっと楽《たの》しそうな声《こえ》をだした。

フォークを両手《りょうて》の指《ゆび》にはさんだまま、オレはとり肉《にく》が落《お》ちてくる位置《いち》に移動《いどう》した。

深呼吸《しんこきゅう》して、精神《せいしん》を集中《しゅうちゅう》させる。

「牛乳《ぎゅうにゅう》カンパイ係《がかり》、田中《たなか》　十六奥義《じゅうろくおうぎ》のひとつ……」

落《お》ちてくるとり肉《にく》を、オレは刺《さ》すような視線《しせん》で見《み》る。

よし、いまだっ！

「流星《りゅうせい》の百烈刺《ひゃくれつざ》し☆！」

うりゃりゃりゃりゃりゃりゃりゃりゃりゃりゃりゃりゃりゃーっ！

オレは全力《ぜんりょく》で、高速《こうそく》パンチをくりだしつづけた。

両手《りょうて》の指《ゆび》に4本《ほん》ずつはさんだフォークの先《さき》が、降《ふ》りそそぐたくさんの流《なが》れ星《ぼし》みたいに、とり肉《にく》にバシバシあたる。

流星の百《ひゃく》烈《れつ》刺《ざ》しィィ☆

フォークをぱっと、両手《りょうて》からはなしてから。

ジャラララ!

空中《くうちゅう》のフォーク8本《ぽん》を、右手《みぎて》ですべて回収《かいしゅう》した。

すぐに左手《ひだりて》にお皿《さら》を持《も》って、落《お》ちてきたとり肉《にく》を受《う》けとった。

「おい、とり肉《にく》は、どうなったんだ?」

ミノルとノリオが、皿《さら》のとり肉《にく》をのぞきこんだ。

けれども。


「え?」

ノリオとミノルは、首《くび》をかしげた。

「おい、田中《たなか》。見《み》た目《め》、なんにも変《か》わってないぞ」

「そうだよね。いまの奥義《おうぎ》は、なんの意味《いみ》があったのかな?」

とり肉《にく》がのっている皿《さら》を置《お》いた。

フォーク8本《ぽん》を流《なが》しに持《も》っていきながら、オレはこたえた。

「いまの『流星《りゅうせい》の百烈《ひゃくれつ》刺《ざ》し☆』のおかげで、そのとり肉《にく》にはたくさん小《ちい》さな穴《あな》があいたんだ」

「小《ちい》さな、穴《あな》？」

「おう。そうすると、味《あじ》がしみこみやすくなるし、肉《にく》がかたくなるのをふせげるんだ。やわらかいからあげがつくれるんだよ」

「へぇ、それはすごいね！　知《し》らなかったよ！」

と8本《ぽん》のフォークを洗《あら》うオレに、ミノルは感心《かんしん》していたんだけど。

「おいおい、オレは来週《らいしゅう》の弟《おとうと》たちの誕生日《たんじょうび》までに、こんな技《わざ》を覚《おぼ》えんのかよ」

ノリオはボクシングみたいにパンチをくりかえす。

「必要《ひつよう》ないで」

とり肉《にく》の皿《さら》を手《て》にすると、ミナミが間《あいだ》にはいった。

「ノリオはふつうに、まな板《いた》の上《うえ》に肉《にく》を置《お》いて、上《うえ》からフォーク1本《ぽん》で穴《あな》をバシバシあけたらだいじょうぶや」

いいつつミナミは、仕事《しごと》がはやい。小《ちい》さな穴《あな》のあいたとり肉《にく》を、包丁《ほうちょう》でひと口《くち》サイズにきり始《はじ》めた。

きったとり肉《にく》を、ボウルにいれた。

フォークを洗《あら》い終《お》わったオレは、ポケットをさぐる。

「さぁ。次《つぎ》は、味《あじ》つけだな」

そういってオレはポケットから、1枚《まい》の紙《かみ》をとりだしたんだ。

＊

「田中《たなか》くん、その紙《かみ》はなに？」

とりだした紙《かみ》を見《み》おろしてミノルが尋《たず》ねた。

「御石井小学校《おいしいしょうがっこう》の、からあげのレシピさ」

大久保家特製《おおくぼけとくせい》『ノリノリからあげ』は、御石井小学校《おいしいしょうがっこう》の給食《きゅうしょく》レシピをもとにしている。

ノリオはそういっていた。

だからオレは今日《きょう》の昼休《ひるやす》みに——。

5年《ねん》1組《くみ》から3人組《にんぐみ》が帰《かえ》ったあと、職員室《しょくいんしつ》にいって、御石井小学校《おいしいしょうがっこう》のからあげレシピを栄養《えいよう》の先生《せんせい》から教《おし》えてもらっていたんだ。

「まずは、この御石井小学校《おいしいしょうがっこう》のレシピどおりに、からあげをつくろうぜ」

のぞきこんだミナミが声《こえ》をあげた。

「わぁ、かくし味《あじ》にリンゴのすりおろしを使《つこ》うとるんか。そりゃ、おいしいわけや」

「リンゴをいれると、どうなるの？」

「肉《にく》がやわらかく、ジューシーになるんだぜ」

などと話《はな》しながら。

オレたち3人《にん》はボウルに調味料《ちょうみりょう》をいれ、レシピどおりのタレを準備《じゅんび》した。

「ふしぎだなぁ。まだ肉《にく》をタレにつけているだけなのに、なんかおいしそうに見《み》えちゃうもんね」

「せやね。でもミノル、さすがにこのまま食《た》べたらアカンで」

「ははは、もちろんわかってるよ」

なーんて、順調《じゅんちょう》に進《すす》んでいったんだけれど。

ぽいぽいぽいぽいぽいぽいっ。

「あああっ、ノリオっ」

「なにしてんだよ！」

タレととり肉《にく》のはいったボウルに、ノリオはなにかを、いろいろ投《な》げこんだ。

「ああ、これはひどいぞ！」

しょう油《ゆ》はどばどば、塩《しお》はどさどさ。コショウはビン1本分《ぽんぶん》をぶちまける。勝手《かって》にジャムやわさびも足《た》した。トドメは自分《じぶん》のポケットから、本当《ほんとう》は学校《がっこう》に持《も》ってきちゃいけない粒《つぶ》ガムをだして、バラバラとおかしのおかしなトッピング。

まったくレシピを守《まも》る気《き》がない。

「ノリオ、なにしてんねんっ？」

ノリオはにここと、悪気《わるぎ》なくこたえる。

「かくし味《あじ》だ！」

けれども、足《た》された調味料《ちょうみりょう》はあまりにも多《おお》すぎて、ひどすぎる。

そもそも、ぜんぜん必要《ひつよう》ない。

かくし味《あじ》どころか、粒《つぶ》ガムなんて、かくれていない。丸《まる》だしじゃないか。

「御石井小学校《おいしいしょうがっこう》のからあげは、リンゴのすりおろしがかくし味《あじ》だって、さっきいってたよな？」

ミノルはうなずいた。

「かくし味《あじ》ってのが、大事《だいじ》なんだろ？」

ミナミもうなずいた。

「そこにさらに、オレはかくし味《あじ》のおいしさを足《た》したんだ！」

オレはうなずきかけて、あわてて首《くび》を横《よこ》にふった。

「ノリオ、それはちがう！」

ノリオのこういう親切《しんせつ》は、いつだって空《から》まわりする。

ただし、ノリオに、悪気《わるぎ》はないんだ。

「いまは、御石井小学校《おいしいしょうがっこう》の給食《きゅうしょく》のからあげをつくっているんだ。せっかくのレシピは守《まも》ろうぜ？」

もったいないけど、オレはいちど調味料《ちょうみりょう》を捨《す》てて、とり肉《にく》を水道水《すいどうすい》で洗《あら》った。

「ねぇ、ノリオ。勝手《かって》に調味料《ちょうみりょう》を足《た》すのはやめようよ」

ミノルが不満《ふまん》をいう。

「もったいないし、おいしくなくなっちゃうよ」

「いーや、ミノル」

ノリオは首《くび》を横《よこ》にふってから、キラリと歯《は》を見《み》せてわらった。

「いわれたことだけやってたら、立派《りっぱ》なおとなになれないぜ？」

ノリオはなんとなく正《ただ》しそうなことをいったけれど、やっぱりそれはまちがいだと思《おも》う。

「……せっかく田中《たなか》くんが、レシピを教《おし》えてもらってきたのに」

不満《ふまん》そうな顔《かお》のミノルに、ノリオはまじめに告《つ》げた。

「いいか、ミノル。ひとになにかをしてあげるんだったら、まず自分《じぶん》で考《かんが》える。そうして、すぐに、行動《こうどう》だ。オレはいつだってそうしているぞ。これはな、うちの母《かあ》ちゃんがいつもいっていることなんだ」

ん？

母《かあ》ちゃん？

ケンカしているはずの母親《ははおや》の話《はなし》がでたので、オレは注意《ちゅうい》ぶかくノリオの話《はなし》を聞《き》くことにした。

『ひとには、自分《じぶん》で考《かんが》えて、やさしくしてあげなさい』ってな」

「へぇ、それはいい言葉《ことば》だね！」

「だろ？　ミノルも覚《おぼ》えておけ。母《かあ》ちゃんがいつもいってる、大事《だいじ》な教《おし》えなんだ」

ノリオは途中《とちゅう》まで、にこにこと自慢《じまん》げに話《はな》していた。

けれども。

「……あ」

母親《ははおや》とケンカしていたことを思《おも》いだしたらしい。

急《きゅう》に顔《かお》をしかめると、不機嫌《ふきげん》な声《こえ》に変《か》わった。

「まぁ、その母《かあ》ちゃんが、ノリスケとノリゴロウにやさしくないから、オレは怒《おこ》っているんだけどな……」

それきり、からあげづくりを進《すす》める間《あいだ》ずっと、不満《ふまん》そうな顔《かお》をしていた。

＊

ミナミの指示《しじ》で、ノリオはからあげをつくっていく。

「つくりながら、かたづける！　ノリオ、料理《りょうり》の基本《きほん》やで！」

「へいへーい」

じゅわじゅわと油《あぶら》であげる音《おと》。

そこから流《なが》れてくる香《かお》り。

こんがりと少《すこ》し濃《こ》い茶色《ちゃいろ》。

完成《かんせい》したからあげは、お皿《さら》にのせると、食《た》べる前《まえ》から本当《ほんとう》においしそうだった。

「わぁ、本当《ほんとう》においしそうだね」

ミノルにつられて、ミナミも大《おお》きく香《かお》りをかいだ。

「うん、大成功《だいせいこう》や。完全《かんぜん》に御石井《おいしい》小学校《しょうがっこう》のレシピどおり」

「うまそうだな。おまえの母《かあ》さんのつくる『ノリノリからあげ』もこんな感《かん》じなのか？」

「……ふんっ」

オレの言葉《ことば》に、返事《へんじ》はなかった。

「え、ノリオ？」

「ひとにはやさしく、なんていってんのによぉ」

お皿《さら》のからあげをにらむように見《み》おろすノリオに、いつもの元気《げんき》はなかった。

「なんでだよ……」

どうやらからあげを見《み》ているうちに——。

ノリオの胸《むね》にたまっていた気持《きも》ちが、あふれてしまったみたいなんだ。

「ひとにはやさしくなんていうくせに、オレの母《かあ》ちゃんは、どうしてノリスケとノリゴロウにはやさしくねーんだよ。くそぉ……っ！」

びっくりした。

ノリオは、なみだ目《め》だったんだ。

「くそぉ！」

ノリオは服《ふく》のそでで、ごしごしと、こぼれる前《まえ》のなみだをふいた。

意外《いがい》な行動《こうどう》に、オレたち3人《にん》はかたまってしまう。

「母《かあ》ちゃんは看護師《かんごし》の仕事《しごと》で、いっつも働《はたら》いて家《いえ》にいねぇし、いつ仕事《しごと》にでかけるかわかんねぇし、弟《おとうと》たちや妹《いもうと》と一緒《いっしょ》にいる時間《じかん》だって少《すく》ねぇし」

それから、ちょっと怒《おこ》っているみたいに、とくに強《つよ》くつづけた。

「病院《びょういん》ではみんな母《かあ》ちゃんのこと『やさしい看護師《かんごし》さんだ』って、すげーほめてくれてるしよぉ！」

ん？

ノリオがどうして「ほめてくれている」ことに怒《おこ》っているのか、オレにはさっぱりわからなかった。

「ねぇ、ノリオ」

ミノルも、オレと同《おな》じことを思《おも》ったらしい。

「働《はたら》いている病院《びょういん》でほめられているなんて、それはすごいことだよ」

ミノルがやんわりといったんだけど、ノリオはがんこに首《くび》をふった。

「それがおかしいっていってんだ。オレ、病院《びょういん》にいってる近所《きんじょ》のひとたちから母《かあ》ちゃんのことほめられたって、あんまりうれしくねぇんだよ」

「えええっ、どうして？」

大《おお》きなノリオは、小《ちい》さな声《こえ》でつぶやいた。


「……母《かあ》ちゃんは、家族《かぞく》じゃねぇひとにばっかりやさしいんだよ」


ああ、そうか。

オレはやっと気《き》がついた。

ノリオは、看護師《かんごし》の母親《ははおや》が病院《びょういん》で活躍《かつやく》すればするほど、自分《じぶん》や弟《おとうと》や妹《いもうと》が、ほうっておかれているような気分《きぶん》になっていたんだ。

ノリオはくちびるをぐっとかんでから、つづける。

「しかも、いつだって、弟《おとうと》たちや妹《いもうと》の世話《せわ》をしているのは、家《いえ》にいるオレじゃねぇか！」

ノリオは、右手《みぎて》を大《おお》きくふりあげた。

「ちくしょう！」

ぶちぶちぶちぶちぶちぶちっ。

「「「えーっ！」」」

なんで、こんな真剣《しんけん》なタイミングで、鼻毛《はなげ》を？

八《や》つ当《あ》たりするみたいに、ノリオは自分《じぶん》の鼻毛《はなげ》をひっこぬいたんだ。

「い、痛《いて》ぇ……ああ、痛《いて》ぇ」

ノリオは顔《かお》をしかめている。

「痛《いて》ぇから、なみだがでてきたぞ」

あ。

ノリオ、泣《な》いてる。

ノリオは鼻毛《はなげ》をひっこぬいて、なみだの理由《りゆう》をごまかしていた。

「だから、オレ、こないだ母《かあ》ちゃんとケンカしたときにいってやったんだ」

自分《じぶん》のズボンに指《ゆび》をこすりつけながら、ノリオは文句《もんく》をつづけた。

「『母《かあ》ちゃんは、オレにだけはやさしくねぇ！』ってな」

そんなことないだろ。

声《こえ》をかけたい気持《きも》ちを、オレはがまんできなかった。

「ノリオ。きっとおまえの母《かあ》さんは……」

——きちんとおまえのことを考《かんが》えてくれているはずだ。

そんな言葉《ことば》で、オレははげまそうとしたんだけれど……。

ここで、ミナミが。

「なーんだ」

あきれたような声《こえ》をだしたんだ。

「自分《じぶん》が、オカンにかまってほしいだけやんけ」

「なんだとっ」

「おまえ、ひとにやさしくするのは、オカンの教《おし》えだってさっきいうたよな？」

「おう」

「オカンのことをそないに尊敬《そんけい》してて、悪《わる》くいうのはおかしいと思《おも》わん？」

「うっ……」

ノリオは言葉《ことば》につまった。

「あとな、ノリオ。自分《じぶん》のオカンのことを悪《わる》くいうんはやめてくれるか？」

ミナミは真剣《しんけん》だった。

「おまえの文句《もんく》を聞《き》いてるとな、いっしょうけんめい働《はたら》いてるうちのオカンまで一緒《いっしょ》に悪《わる》口《くち》いわれてるみたいで、めっちゃ腹立《はらた》つんや」

ミナミは、しずかに怒《おこ》っていた。

くさいものをかいで、ふきげんになったわけじゃない。

ノリオの話《はなし》を聞《き》いて、本当《ほんとう》に頭《あたま》にきていたんだ。

「うちの両親《りょうしん》も、食堂《しょくどう》やってて、毎日《まいにち》信《しん》じられんくらいにいそがしい。正直《しょうじき》うちかて、『なんであそびの約束《やくそく》キャンセルしてまで食堂《しょくどう》の手《て》つだいせなアカンねん』って、イライラすることもしょっちゅうや。でもな」

ミナミはいいきった。


「自分《じぶん》のオカンがそないにいそがしいんはな、うちら子供《こども》のためなんやで」

ノリオは、一瞬《いっしゅん》ハッとした。

いままで考《かんが》えもしなかったことを、ミナミに教《おし》えられたからかもしれない。

「……そりゃ、そうかもしんねぇけど」

下《した》をむくノリオの体《からだ》が、小《ちい》さく見《み》える。

手《て》が、少《すこ》しだけふるえていた。

よく見《み》ると、指先《ゆびさき》には数本《すうほん》、さっきぶちぶちと抜《ぬ》いた鼻毛《はなげ》がまだついていたが、オレはそこはだまっておいた。

「わかってっけどよぉ！」

頭《あたま》をぐちゃぐちゃとひっかいて、ノリオはいいかえした。

きっと頭《あたま》に、さっきの指先《ゆびさき》の鼻毛《はなげ》が数本《すうほん》くっついちゃったと思《おも》うけど、やっぱりそこもだまっておいた。

「でも、ミナミは、家《いえ》の手《て》つだいしてるときはずっと、父《とう》ちゃんと母《かあ》ちゃんと一緒《いっしょ》だろ！」

「うん。まぁ、それは……」

「ほれみろ、うちとはちがうだろ！　オレのつらさはミナミにはわかんねぇ！」

「いいやっ。一緒《いっしょ》にいてもなぁ、うちは仕事中《しごとちゅう》だけはめっちゃスパルタなんや！　家族《かぞく》だんらんなんかカケラもないで！」

ミナミも、ノリオも、どっちも負《ま》けない。

「でも、弟《おとうと》や妹《いもうと》の世話《せわ》なんかしなくていいんだろ！　ラクじゃねぇか」

「知《し》らないお客《きゃく》さんとしゃべるほうが、よっぽど気《き》ぃつかってしんどいわ！」

いい合《あ》ううちに、だんだん話《はなし》がそれてくる。

「このやろう！　そしたら今度《こんど》ミナミが食堂《しょくどう》を手《て》つだっていていそがしい時間《じかん》に、5種類《しゅるい》ぜんぶバラバラの定食《ていしょく》を大盛《おおも》りでいっぺんに注文《ちゅうもん》して、困《こま》らせてやるからな！『まだですか～』って、せかしてやる！」

「ならうちはおまえのオカンが働《はたら》いてる病院《びょういん》にしのびこんで、すべての部屋《へや》のナースコールをピンポンダッシュしたるからな！　めっちゃいそがしなるで！」

おまえら、なんだよそれは。

そんなの、どっちもやっちゃダメだ。

ウソをつくならもっと、マシなウソをつけ。

「ふたりとも、ケンカはやめなよぉ」

ミノルがなんとかとめようとしたけど、ふたりのいい合《あ》いはとまらなかった。

結局《けっきょく》。

「くそぉ！　もう、からあげづくりなんかやめだ！」

ヤケになったノリオは、家庭科室《かていかしつ》をでていってしまった。

「母《かあ》ちゃんの代《か》わりなんて、もううんざりだぜ！」

まいったな。

ノリオは完全《かんぜん》に、やる気《き》をなくしてしまったんだ。

＊

次《つぎ》の日《ひ》の、給食《きゅうしょく》の時間《じかん》。

「うーん、困《こま》ったぞ」

どうやってノリオにからあげづくりを教《おし》えて、誕生日会《たんじょうびかい》を成功《せいこう》させるか。

オレは牛乳《ぎゅうにゅう》ビンについた水滴《すいてき》を見《み》つめながら、作戦《さくせん》を考《かんが》えていた。

「いったい、どうしたらいいんだろうなぁ？」

オレはずーっと悩《なや》んでいたから、きっと顔《かお》は曇《くも》っていたと思《おも》う。

一方《いっぽう》、別《べつ》の給食班《きゅうしょくはん》のミナミも、責任《せきにん》を感《かん》じたみたいで、やっぱり顔《かお》が曇《くも》っていた。

さっきの授業中《じゅぎょうちゅう》も、いまの給食中《きゅうしょくちゅう》も、ノリオを気《き》にしてチラチラと見《み》るけど、ノリオと目《め》が合《あ》った瞬間《しゅんかん》に、「ふんっ」と視線《しせん》をそらしていた。

「あー、困《こま》ったなぁ」

今日《きょう》は大好《だいす》きなハンバーグだったんだけど、悩《なや》みすぎて、味《あじ》があんまりわからない。


「たしか大久保《おおくぼ》くんは……」


急《きゅう》に。

うしろから声《こえ》がした。

「長男《ちょうなん》でしたよね」

「……ああ、そうですけど」

ふりかえって、おどろいた。

多田見《ただみ》先生《せんせい》が、オレのうしろに立《た》っていたんだ。

「あの、先生《せんせい》。急《きゅう》にどうしてそんな話《はなし》を……」

おどろいて見《み》あげるオレにむけて、多田見《ただみ》先生《せんせい》はのんびりとつづける。

「『兄《あに》』という漢字《かんじ》は、『口《くち》』の下《した》に、ヒゲのような文字《もじ》を書《か》きますね」

え？

急《きゅう》に始《はじ》まった先生《せんせい》の話《はなし》に、オレは声《こえ》がでない。

「これは『儿《ひとあし》』といって、人間《にんげん》の足《あし》や、人間《にんげん》そのものをあらわします」

多田見《ただみ》先生《せんせい》は、空中《くうちゅう》に指《ゆび》で『兄《あに》』と書《か》く。

「ですから『兄《あに》』という字《じ》は、他《た》の人《ひと》たち（儿《ひとあし》）の上《うえ》に立《た》って、口《くち》で指示《しじ》やお世話《せわ》をする人《ひと》、という意味《いみ》なんです」

指示《しじ》やお世話《せわ》をする？

先生《せんせい》がなにを言《い》いたいのか、オレはわからず、つづきを待《ま》った。

「大久保《おおくぼ》くんは、長男《ちょうなん》として家族《かぞく》のめんどうをみて、いろいろ苦労《くろう》をしているのかもしれません。でも、彼《かれ》のよいところは、本当《ほんとう》に心《こころ》から、困《こま》ったひとのために役立《やくだ》とうとする気持《きも》ちにあふれているところです」

いいつつ先生《せんせい》はにこにこと、配膳台《はいぜんだい》に目《め》をむけた。

「よーし、おかわりジャンケンに参加《さんか》したいやつは、集《あつ》まれぇい！」

配膳台《はいぜんだい》のところでは、あっという間《ま》に給食《きゅうしょく》を食《た》べたノリオが、おかわりジャンケンをしようと、ひとりで飛《と》びはねていた。

「はやすぎだろ！」

「みんな、まだ食《く》ってるし！」

「ノリオ、おかわりジャンケンはもうちょっと待《ま》てよな！」

クラスの男子《だんし》を中心《ちゅうしん》に、いっせいに文句《もんく》がでる。

ノリオは「むむむ」としぶい顔《かお》をして、その場《ば》で待《ま》つことにしたみたいだ。

「たしかに大久保《おおくぼ》くんは、失敗《しっぱい》ばかりです。それでも大久保《おおくぼ》くんは、困《こま》っているひとをほうっておかない。ぜったいに、ほうっておけない。これはきっと、彼《かれ》が成長《せいちょう》していく先《さき》で、ずーっとつづいていく、変《か》わらない長所《ちょうしょ》なんでしょうねぇ」

先生《せんせい》はにこにことそう告《つ》げた。

それから教卓《きょうたく》へと戻《もど》っていった。

「……あれ？」

同《おな》じ給食班《きゅうしょくはん》のミノルが首《くび》をかしげる。

「多田見先生《ただみせんせい》は、わざわざそれだけをいいに、田中《たなか》くんのところへきたのかな？」

「うん。なにをしにきたんだろう？」

オレも同《おな》じく首《くび》をかしげた。

多田見先生《ただみせんせい》は、すーっとオレのところにきて、しゃべるだけしゃべってから、すーっと帰《かえ》っていったんだ。

すると。

「ねぇ、田中《たなか》くん」

同《おな》じ給食班《きゅうしょくはん》のユウナが、尋《たず》ねてきた。

「いま先生《せんせい》は、『大久保《おおくぼ》くんは、困《こま》っているひとをほうっておかない』っていっていたよね」

「おう」

「もしかしたらね」

ユウナはひそひそとつづける。

「いま一番《いちばん》困《こま》っているのって、ノリオくんのお母《かあ》さんなんじゃないのかな？」

「……たしかにそうだな」

怒《おこ》ったノリオにひどいことはいわれちゃうし、双子《ふたご》はダブルで泣《な》きだすし、誕生日《たんじょうび》にからあげはつくってやれないし。

やさしいと評判《ひょうばん》のノリオの母《かあ》さんだからこそ、なおさら困《こま》っちゃっているのかもしれないぞ。

「なるほど。そうか。そうだよな……んんんっ？」

ユウナの言葉《ことば》をキッカケに、オレの頭《あたま》にはある考《かんが》えが浮《う》かんだ。

「だったら、話《はなし》は簡単《かんたん》じゃないか！」

ノリオにからあげをつくらせて、３人組《にんぐみ》との約束《やくそく》を果《は》たす方法《ほうほう》。

それは――。

自分《じぶん》の母《かあ》さんが困《こま》っていることを、ノリオにわかってもらうことだ！

困《こま》っているひとを、ぜったいにほうっておけないノリオ。

多田見先生《ただみせんせい》はそれを気《き》づかせようと、あんな話《はなし》をしてくれたのかもしれない。

「ユウナ、サンキュー。どうにか、うまくいきそうだぞ」

じゃあ、いったいどうやったら。

ノリオに無理《むり》なく、それをわかってもらえるんだろう……？

オレが真剣《しんけん》に考《かんが》え始《はじ》めた、ちょうどそのとき。

「てめーらぁ、今日《きょう》はヨーグルトをかけて、オレとジャンケンで勝負《しょうぶ》だ！」

ノリオがしきる、おかわりジャンケンが始《はじ》まった。

「オレに勝《か》ったら、おかわりゲットだぜ！　いいなっ？」

ノリオは右手《みぎて》を『伝説《でんせつ》のグー』にして、優勝《ゆうしょう》したボクサーみたいに高《たか》くあげた。


「いつ、誰《だれ》のおかわりジャンケンでも、オレは受《う》ける！」

ノリオのいつものキメぜりふを聞《き》いたその瞬間《しゅんかん》に――。

あ！

「これだ！」

これなら、もう一回《いっかい》、家庭科室《かていかしつ》でからあげづくりができそうだ！

「え、田中《たなか》くん？」

「いったいなにを思《おも》いついたの？」

ふしぎそうな顔《かお》のユウナとミノルに、オレはにこりと笑顔《えがお》を見《み》せた。

「ま、それは明日《あした》のお楽《たの》しみだぜ！」

3杯目《ばいめ》

田《た》中《なか》VS《バーサス》ノリオ！ おかわりジャンケン勝負《しょうぶ》

次《つぎ》の日《ひ》の、給食《きゅうしょく》の時間《じかん》。

「てめーらぁ、今日《きょう》もおかわりをかけて、オレとジャンケンで勝負《しょうぶ》だ！」

ノリオがしきる、いつものおかわりジャンケンが始《はじ》まった。

「オレに勝《か》ったら、おかわりゲットだぜ！　いいなっ？」

ノリオは右手《みぎて》を『伝説《でんせつ》のグー』にして、優勝《ゆうしょう》したボクサーみたいに高《たか》くあげた。

「いつ、誰《だれ》のおかわりジャンケンでも、オレは受《う》ける！」

キメぜりふをいいながら、ノリオは配膳台《はいぜんだい》に目《め》をむけた。

今日《きょう》のメニューは、あんかけ焼《や》きソバに、中華《ちゅうか》スープ、フルーツポンチと、人気《にんき》のあるメニューがそろっている。

「うひょーっ！」

「よーし、オレぜったい勝《か》つからな！」

「あんかけ焼《や》きソバはオレのものだぜ！」

主《おも》に男子《だんし》が集《あつ》まって、10人《にん》くらいでノリオをかこんで声《こえ》をあげる。

配膳台《はいぜんだい》の前《まえ》は大《おお》もりあがり。

担任《たんにん》の多田見《ただみ》先生《せんせい》は、にこにことその様子《ようす》を見守《みまも》っていた。

「……よし、いまだ」

ノリオのおかわりジャンケンに、みんなが注目《ちゅうもく》していた、このどさくさにまぎれて。

オレはこっそりと、ミナミの班《はん》へ移動《いどう》したんだ。

「ん？　なに、田中《たなか》？　どないしたの？」

オレを見《み》て、ミナミは中華《ちゅうか》スープを飲《の》む手《て》をとめた。

「おかわりジャンケンはあっちやで」

ミナミが指《ゆび》さすほうを、チラッと見《み》れば。

「うわぁぁぁん、ちくしょう！」

さっき「あんかけ焼《や》きソバはオレのものだぜ！」と元気《げんき》いっぱいだった男子《だんし》が、さっそくジャンケンに負《ま》けたみたいだ。

床《ゆか》に手《て》とヒザをついてぼろぼろ泣《な》いているのが見《み》えた。

え？　泣《な》くほどあんかけ焼《や》きソバが好《す》きなのかよ。

「なんでオレ以外《いがい》の全員《ぜんいん》が、グーをだしてんだよぉぉぉ！」

自分《じぶん》だけ、チョキで負《ま》けてしまったらしい。ぐうぜんなんだろうけど、さすがにちょっとかわいそうだよな。

ノリオが説明《せつめい》しながらしきる。

「よーし、チョキは負《ま》けだ。失格《しっかく》だ。グーはあいこだから、勝《か》ちのこれ。いくぞっ」

ノリオはグーをふりあげた。

「だっさなっきゃ、負《ま》っけよ！　さーいしょは、グー！　ジャ〜ンケ〜ン、ポン！」

ノリオは楽《たの》しそうに、キビキビとおかわりジャンケンを進《すす》めていった。

オレは、ミナミに視線《しせん》を戻《もど》す。

「なぁ、ミナミ。ちょっと協力《きょうりょく》してほしいんだ」

じつは。

オレはミナミに、とあるおねがいをしにきていた。

「いまやっているノリオのジャンケンが終《お》わってから、もうひとつ、おかわりジャンケンをしたいものがあるんだ」

「もうひとつ？」

首《くび》をかしげるミナミ。

「そのときミナミに、ジャンケンのかけ声《ごえ》をやってほしいんだ」

「え？　おかわりジャンケン係《がかり》の仕事《しごと》やったら、ノリオがおるやん？」

オレは少《すこ》しだけ首《くび》を横《よこ》にふった。

それから、真剣《しんけん》に、こういった。


「これは、ノリオにまたからあげをつくらせるためのジャンケンなんだ」


オレは、ヒソヒソと、ミナミに作戦《さくせん》を伝《つた》えた。

「……ええな、それ」

聞《き》き終《お》わったミナミは、にこっとわらう。

「わかった。うちが、やったるわ」

ミナミは楽《たの》しそうにうなずいた。


中華《ちゅうか》スープ、牛乳《ぎゅうにゅう》、フルーツポンチ。

ノリオのおかわりジャンケンは終《お》わった。

戦争《せんそう》、っていったらおおげさだけど、おかわりジャンケンは戦《たたか》いだ。負《ま》けてなみだを飲《の》む子《こ》もいる。

「うわぁぁぁぁぁん、ちっくしょぉぉぉぉ！」

あんかけ焼《や》きソバ争奪戦《そうだつせん》でさいしょに負《ま》けた男子《だんし》は、そのあともすべてのジャンケンに負《ま》けた。

「ぜんめつだぁ！」

自分《じぶん》の右手《みぎて》のチョキを見《み》ながら、顔《かお》をくしゃくしゃにして泣《な》いていた。

すると。

「おいっ」

ノリオが、泣《な》いている子《こ》に近《ちか》づく。

ことん。

「食《く》え」

ノリオはにこりと鼻毛《はなげ》をだしながら、負《ま》けた男子《だんし》の机《つくえ》に、フルーツポンチの食器《しょっき》をやさしく置《お》いた。

「オレがゲットしたフルーツポンチだ。食《く》え」

「え……ノリオ、いいのかよ？」

聞《き》かれたノリオは笑顔《えがお》でこたえる。

「もちろんだ。オレは世界《せかい》で一番親切《いちばんしんせつ》なんだからな」

「ありがとう、ノリオ！」

負《ま》けた男子《だんし》は、みんながうらやましがる中《なか》で、フルーツポンチをおいしそうに食《た》べ始《はじ》めた。

「いいなー」

「よかったな」

「なんかさぁ、おまえが一番《いちばん》ラッキーだったんじゃねぇの？」

「ははは、そうだな」

泣《な》き顔《がお》は、笑顔《えがお》に変《か》わった。

ここで終《お》われば、すごくやさしい、いい話《はなし》だったんだけど……。

「そしてぇ……っ！」

全力《ぜんりょく》の笑顔《えがお》で叫《さけ》ぶノリオ。

「あ」

オレと同《おな》じ給食班《きゅうしょくはん》のユウナが、スプーンの手《て》をとめて、顔《かお》をひきつらせた。

「これは、いやな予感《よかん》がするね」

オレとミノルも、うなずいた。

「泣《な》くほどおちこむおまえを、オレがとっておきの歌《うた》で元気《げんき》にしてやろう！　それそれそれそれー い！」


ぐるん、ぐるん、ぐるん、ぐるん、ぐるん！


なんとノリオは、側転《そくてん》で、ニンジャのように黒板《こくばん》の前《まえ》まで移動《いどう》した。

黒板《こくばん》の前《まえ》でピタリととまり、逆立《さかだ》ちのまま、大《おお》きな声《こえ》で歌《うた》いだす。

腕《うで》を使《つか》ってぴょんぴょんと、ノリオは負《ま》けた男子《だんし》に近《ちか》づいていく。

♪逆《ぎゃく》から読《よ》むなよ、フルーツポンチ！

逆《ぎゃく》から読《よ》むなよ、フルーツポンチ！

ポンチ、ポンチ、フルーツポンチ！

逆《ぎゃく》から読《よ》むなよ、フルーツポンチ！♪


「え？」

きょとんとした顔《かお》で、負《ま》けた男子《だんし》は首《くび》をかしげている。

「なんで、逆《ぎゃく》から読《よ》んじゃいけないんだよ？　逆《ぎゃく》から……あっ！　ぶはははっ」

負《ま》けた男子《だんし》は、なにかに気《き》づくと、わらったあとにせきこみ始《はじ》めた。どうやらシュワシュワのサイダーが、ノドの変《へん》なところにはいったみたいだ。

「ごへっ、ごへっ、ごへっ！」

せきこんでなみだ目《め》になっている。

「おお、よかった！」

ぜったいによかったわけがないのに、ノリオはつづける。

「オレの歌《うた》で、爆笑《ばくしょう》できるくらいに元気《げんき》になったな」

ノリオは逆立《さかだ》ちをやめると、せきこむ男子《だんし》を見《み》おろしながら、満足《まんぞく》そうにうなずいていた。

ここで。

「なぁ、ノリオ」

作戦開始《さくせんかいし》のチャンスだと、オレはノリオに近《ちか》づいた。

「オレも、おかわりジャンケンに参加《さんか》したいんだけど、いいかな？」

「へ？」

ノリオは目《め》を丸《まる》くしておどろく。

「なにいってんだよ、田中《たなか》。今日《きょう》のおかわりジャンケンは終了《しゅうりょう》だ。あんかけ焼《や》きソバも、中華《ちゅうか》スープも、牛乳《ぎゅうにゅう》も、フルーツポンチだって」

「ポンチっ？　ごへっ！　ぶははははっ。ごへっ、ごへっ！」

さっきの男子《だんし》が「フルーツポンチ」と聞《き》いた瞬間《しゅんかん》、またわらいながらせきこみ始《はじ》めた。

「逆《ぎゃく》からっ、逆《ぎゃく》からっ。ひーっ！　ごへっ、ごへっ！」

なみだ目《め》になるくらい、ハマっちゃったみたいだ。

配膳台《はいぜんだい》を見《み》ながらノリオはつづけた。

「もうおかわりはないぞ。空《から》っぽ。すっからかんだ」

「いいや、ノリオ。まだ、大事《だいじ》なのがあるんだよ」

オレはポケットをさぐってから、１枚《まい》のメモをノリオにわたした。

「あ？　なんだよ、これ」

メモをひらいて、見《み》た瞬間《しゅんかん》に、ノリオの顔《かお》つきが厳《きび》しくなった。

怒《おこ》ったように、オレの顔《かお》を見《み》おろす。

「おい、田中《たなか》。どういうつもりだ？」

ノリオの丸顔《まるがお》が、どんどん赤《あか》くなっていった。

「オレはもう、からあげはつくらないといったはずだ！」

オレがノリオにわたしたのは――昨日《きのう》の家庭科室《かていかしつ》でからあげをつくるときに使《つか》ったレシピだった。

大久保家《おおくぼけ》の「ノリノリからあげ」のもとになった、御石井小学校《おいしいしょうがっこう》の給食《きゅうしょく》レシピ。

怒《おこ》るノリオに、オレはすっとぼける。

「いや～、昨日《きのう》ノリオがつくったからあげがあまりにもおいしかったからさぁ、おかわりをつくってほしいなぁって思《おも》ったんだよ」

「あ？　おかわり？」

ノリオは少《すこ》し、混乱《こんらん》していた。

オレはノリオの目《め》を見《み》あげる。

「いつ、誰《だれ》のおかわりジャンケンでも、オレは受《う》ける！」

ノリオのキメぜりふを、そのままいった。

「そうなんだろ、ノリオ？」

ノリオは黙《だま》って、オレを見《み》おろす。

「なら、オレのおかわりジャンケンも、受《う》けろよ」

オレとノリオの間《あいだ》には、バチバチと、勝負《しょうぶ》の火花《ひばな》が散《ち》り始《はじ》めた。

「オレが勝《か》ったら、オレがおかわりできるんだよな？　もう一回《いっかい》、このレシピのからあげをつくってくれよ」

＊

オレがわたしたレシピを見《み》ながら、ノリオはしかめっつらだった。

「そりゃ、オレだって、弟《おとうと》たちや妹《いもうと》にからあげを食《く》わせてやりたいけどよぉ……」

なんだか悩《なや》んでいるようにも見《み》えた。

「なぁ、ノリオ。おまえ、まだ母《かあ》さんとケンカしてるんだろ？」

「……うるせーな」

ノリオはいやそうにこたえた。

「それがどうしたんだよ」

「いやぁ……」

オレはにこっとわらった。

「うらやましいなって、思《おも》ったんだ」


「「「は？」」」


おどろいていたのは、ノリオだけじゃない。

ミノルやクラスのみんなも、「なんだそれ？」っていう表情《ひょうじょう》になった。

「田中《たなか》、おまえ、なに変《へん》なこといってんだよ？　親《おや》とのケンカがうらやましいって、意味《いみ》がわかんねぇぞ」

「ああ、いや。ケンカがうらやましいんじゃないんだ」

オレは首《くび》を横《よこ》にふる。

「母《かあ》さんとケンカしたってことはさぁ、いまから仲《なか》なおりだってできるんだ。オレがうらやましいっていっているのはそこなんだよ。きっと、いまよりもっと仲《なか》よくなれるぞ」

「……母《かあ》ちゃんと、仲《なか》なおりかよ」

つぶやき、ノリオがかたまった。

オレはレシピを指《ゆび》さした。

「弟《おとうと》たちの誕生日《たんじょうび》にからあげをつくって、おまえの母《かあ》ちゃんをおどろかせてやろうぜ？」

返事《へんじ》はなかった。

ノリオはだまってなにかを考《かんが》えているみたいだった。

いそがしく働《はたら》く母《かあ》さんを、尊敬《そんけい》している気持《きも》ち。

仕事《しごと》なんかどうでもいいから、自分《じぶん》にかまってほしい気持《きも》ち。

ふたつがゴチャゴチャにまざっているのかもしれなかった。

「………………」

自分《じぶん》でもどうしたらいいのか、わからないのかもしれない。

オレには、そういうふうに見《み》えた。

しばらくノリオが考《かんが》えているのを見守《みまも》ってから……。

「ん、どうした田中《たなか》？」

オレはノリオに、自分《じぶん》の手《て》のひらを見《み》せた。

「なんだ、その手《て》のひらは？　握手《あくしゅ》か？　オレは占《うらな》い師《し》じゃないから、手相《てそう》なんかわからないぞ」


「オレは、パーをだす」


「は？」

「いまからやる『おかわりジャンケン』で、オレはパーをだすっていってるんだ」

クラスがざわつく。

「田中《たなか》くん、なにをいっているの？」

「ノリオは、あとだしオッケーってことじゃん！」

ミノルが大《おお》きく声《こえ》をあげた。

「田中《たなか》くん！　それじゃあ、ノリオの勝《か》ちにきまってるよ！」

オレはわらいながらこたえた。

「へへへ。それはやってみないとわかんねぇだろ?」

オレはミナミに声《こえ》をかける。

「じゃ、ミナミ。さっきおねがいしたとおりだ。始《はじ》めてくれ」

「よっしゃ、わかった!」

ミナミがささっと、オレとノリオの近《ちか》くにやってきた。

クラスのみんなに呼《よ》びかける。

「えー。そしたら、うちが審判《しんぱん》やったるな」

ミナミは「『おかわりジャンケン・特別編《とくべつへん》』や!」と、大《おお》きな声《こえ》でクラスをあおる。

「ほな、いくで~。『せーの!』っ」

元気《げんき》なミナミが呼《よ》びかけると。

クラスみんなが声《こえ》を合《あ》わせた。

「「だっさなっきゃ、負《ま》っけよ! さーいしょは、グー!」」

オレも、ノリオも、グーをだした。

クラスの空気《くうき》に押《お》されて、ノリオはちょっと混乱《こんらん》していた。

「「ジャ〜ンケ〜ン、ポン！」」

オレはもちろん、パーをだす。

ところが。

「むむむむむっ」

ノリオはグーを高《たか》くふりあげたまま、しかめっつらで、かたまってしまった。

「ノリオ。ださへんかったら、失格《しっかく》やで」

「うるさいっ。ちょっと待《ま》ってくれ」

勝《か》てば、大事《だいじ》な誕生日《たんじょうび》に、弟《おとうと》たちがからあげを食《た》べられなくなる。

負《ま》ければ、ケンカ真《ま》っ最中《さいちゅう》の母《かあ》さんの代《か》わりに、からあげをつくることになる。

グーをふりあげたまま、ノリオは口《くち》をへの字《じ》にむすんでいる。

ノリオは自分《じぶん》がどうすればいいのか、真剣《しんけん》な顔《かお》で悩《なや》んでいた。

ふりあげたグーが、少《すこ》しだけぷるぷるとふるえている。

「なぁ、ノリオ」

パーをだしたまま、オレは声《こえ》をかけた。

「たしかおまえは、世界一親切《せかいいちしんせつ》なんだよな？　困《こま》っているひとを、ぜったいにほうってはおけないんだよな？」

グーを高《たか》くふりあげたまま、ほんの小《ちい》さくノリオはこたえた。

「も、もちろんだ」

「なら、自分《じぶん》の母《かあ》さんを助《たす》けてやれよ」

「え？」

オレの言葉《ことば》に、ノリオは本当《ほんとう》に意外《いがい》そうな顔《かお》をした。

「誕生日《たんじょうび》にからあげはつくってやりたいけど、仕事《しごと》がとてもいそがしいし、その上《うえ》おまえとはケンカしてて……おまえの母《かあ》さん、すげー困《こま》ってるんだぞ」

ノリオは、目《め》をつぶった。

「おまえのすげー近《ちか》くに、すげー困《こま》ってるひとがいるんだぞ」

しばらくは、あいかわらず、しかめっつらだった。
でもノリオは、オレの言葉《ことば》に、しっかりと耳《みみ》をかたむけていたみたいなんだ。
それから、なんにもしゃべらずに。

すっ。

いらない力《ちから》がぬけたみたいに、ノリオはグーをふりおろした。
オレのパーの前《まえ》で、ノリオの「伝説《でんせつ》のグー」がとまる。
動《うご》かない。
グーのまま、形《かたち》も変《か》えない。
ミナミはにこりとほほえんで、オレのパーの手首《てくび》をつかんで上《うえ》にあげた。

「勝負《しょうぶ》あり！　この勝負《しょうぶ》、田中《たなか》の勝《か》ちや！」

ミナミの判定《はんてい》に、クラスのみんなが拍手《はくしゅ》や口笛《くちぶえ》でもりあがる。
「ああ、よかった！　ねぇ、ユウナちゃん！」

「うん。田中《たなか》くんのおかげだね！」

ジャンケンを終《お》えて、オレはほっとしていた。

これでノリオがからあげをつくれば、ノリオの母《かあ》さんの助《たす》けになる。

誕生日会《たんじょうびかい》がうまくいけば、仲《なか》なおりができるだろう。

「田中《たなか》くん、よくこんな作戦《さくせん》を考《かんが》えたなぁ！」

ミノルとユウナも、安心《あんしん》した顔《かお》で、ほっと胸《むね》をなでおろしていた。

「おい、田中《たなか》」

グーをひっこめてから、ノリオはきちんとおねがいをした。

「もう一回《いっかい》、一緒《いっしょ》にからあげをつくってくれ。たのむ」

「おう、もちろんだぜ！」

オレはすぐに返事《へんじ》した。

＊

それから、毎日《まいにち》。

オレとノリオは家庭科室《かていかしつ》でからあげづくりの特訓《とっくん》を始《はじ》めた。ミノルも様子《ようす》を見《み》にきてくれた。

来週《らいしゅう》の誕生日会《たんじょうびかい》は、もうすぐだ。

けれども、毎日特訓《まいにちとっくん》したおかげで、ノリオはだいぶ、ムチャクチャなことをしなくなっていた。

「この、レシピのままってのが、にがてなんだよなぁ」

ノリオには、サービス精神《せいしん》がありすぎる。

だから、からあげにおかしなかくし味《あじ》をいれるなど、いらないことまでやってしまうみたいだった。

「あ、ひらめいたぞ！　食《た》べておなかをこわしたらダメだから、おなかをこわしたときに飲《の》む薬《くすり》を、さいしょから小麦粉《こむぎこ》にまぜておけばいいな！」

ミノルが顔色《かおいろ》を変《か》えて叫《さけ》ぶ。

「ダメ、ぜったい！　おなかをこわすことを、さいしょから予定《よてい》にいれないでよ！」

レシピどおり つくる!
給食用
からあげレシピ
やさしく
やさしく
もみ
もみ
薬

「あ、そっか。それもそうだな。ふははは！」

それでも、ノリオの料理《りょうり》の腕《うで》は、少《すこ》しずつだけどあがっていった。

毎日《まいにち》の特訓《とっくん》を重《かさ》ねるうち、とうとう、誕生日会《たんじょうびかい》の日《ひ》がやってきた。

放課後《ほうかご》の家庭科室《かていかしつ》で、御石井小学校《おいしいしょうがっこう》のからあげレシピをノリオは真剣《しんけん》に見《み》ている。

「お、おいっ」

ノリオは少《すこ》しだけ緊張《きんちょう》した声《こえ》と顔《かお》でオレを呼《よ》んだ。

「今日《きょう》は、オレひとりでつくるぞ。田中《たなか》も、ミノルも、見《み》ていてくれ」

オレとミノルはうなずいて、ノリオの調理《ちょうり》を見守《みまも》ることにした。

ノリオは、冷蔵庫《れいぞうこ》からとり肉《にく》をとりだすと、ひとつ大《おお》きく深呼吸《しんこきゅう》をした。

「すー、はー。特訓《とっくん》どおりに、特訓《とっくん》どおりに……っ」

まずはフォークでバシバシと穴《あな》をあけた。

そのとり肉《にく》をひと口大《くちだい》にきって、ビニール袋《ぶくろ》ではなく、大《おお》きなボウルにいれた。

そこに、味《あじ》つけのしょう油《ゆ》や、すりおろしたリンゴをまぜた。

ここまでは「ノリノリからあげ」のもとになった、御石井小学校《おいしいしょうがっこう》の特別《とくべつ》なレシピのとおりだった。

「つぶさないように。つぶさないように」

ノリオは小声《こごえ》で、自分《じぶん》に注意《ちゅうい》する。

ついでに、やさしくこうつぶやいた。


「もぉぉぉぉぉみもみもみもみもみもみもみ、もみぃぃぃぃぃぃぃ……」


ノリオはボウルのとり肉《にく》を、ゆっくりとていねいにもみこんでいった。

ミノルがひそひそと、オレに声《こえ》をかける。

「すごいや。いままでで一番《いちばん》いいペースだね」

「おう。特訓《とっくん》の成果《せいか》がでてるぞ」

ところが。

途中《とちゅう》、ノリオは自分《じぶん》のポケットをさぐると、本当《ほんとう》は学校《がっこう》に持《も》ってきてはいけないグミ・

キャンディをとりだした。

ボウルのとり肉《にく》にまぜようとする。

しかし。

「……はっ！」

オレやミノルと目《め》が合《あ》うと。

「むっ。むむむっ。むむむむむっ。……ええいっ！」

ギリギリのところで、ノリオはグミを自分《じぶん》の口《くち》にほうりこんだ。

「ふー、あぶなかったぜぇ」

むにむにと歯《は》でかんでから、すぐに飲《の》みこむ。

「もう少《すこ》しで、むにむにするブドウ味《あじ》のからあげになっちまうところだったな」

こういうちょっと不安《ふあん》なこともあったけど、ノリオはからあげをきちんとレシピどおりにつくっていった。

ノリオには、オレみたいな派手《はで》な十六奥義《じゅうろくおうぎ》はない。

ミナミみたいなプロの手《て》ぎわのよさも、もちろんない。

けれども。

ノリオが誰《だれ》かに親切《しんせつ》にしてやりたいと思《おも》う気持《きも》ちは、誰《だれ》にも負《ま》けないいんじゃないかなと、からあげをつくる姿《すがた》を見《み》ていてオレは思《おも》った。

「よーし、ノリスケもノリゴロウも、待《ま》ってろよ！」

とり肉《にく》をもみ終《お》えたノリオは、手《て》を洗《あら》いながら、本当《ほんとう》に楽《たの》しそうに叫《さけ》んだ。

「ノリカも、母《かあ》ちゃんも父《とう》ちゃんも、オレがからあげをつくったって知《し》ったらびっくりして、きっと食《く》う前《まえ》から踊《おど》りだすぜ！」

にこりとわらった。

誰《だれ》かのためにがんばっているノリオの顔《かお》は、鼻毛《はなげ》まで、生《い》き生《い》きして見《み》えた。

じゅわじゅわじゅわじゅわじゅわー。

小麦粉《こむぎこ》のついたとり肉《にく》を、熱《あつ》い油《あぶら》であげながら。

菜《さい》バシを持《も》ったノリオが口《くち》をひらいた。

「あーあ、めんどくせぇ」

え、おいっ？

「ちょっと待《ま》てよ。そんなひどいことをいうなってば」

おまえ、さっき家族《かぞく》の名前《なまえ》を叫《さけ》びながら、あんなに楽《たの》しそうだったじゃないか。

「そうだよ、ノリオ。ここまですごくうまくいってるんだから、そういう文句《もんく》はいわなくてもいいんじゃないのかな」

ミノルがやさしく注意《ちゅうい》した。

ところがノリオはくりかえす。

「なぁ、田中《たなか》。料理《りょうり》って、本当《ほんとう》にめんどくせぇな」

「うーん。めんどうっていうか……まぁ、たいへんだよな」

「しかも、からあげは、つくり方《かた》がまだ簡単《かんたん》なほうなんだろ？」

「おう、そうだぞ」

「はー、マジかよ。ああ、めんどくせぇ。めんどくせぇ」

なんでノリオは、そんな言葉《ことば》をくりかえしているんだろう？

オレもミノルもわからなかった。

「もしかして、食《く》う時間《じかん》より、つくる時間《じかん》のほうが長《なが》いんじゃねぇか？」

「ああ、そうかもな」

ノリオは熱《あつ》い油《あぶら》の鍋《なべ》を見《み》おろす。

菜《さい》バシで、油《あぶら》の中《なか》のとり肉《にく》をつまみあげた。

「小《ちい》せぇなぁ」

おいしそうなキツネ色《いろ》のからあげは、香《かお》りと湯気《ゆげ》を一緒《いっしょ》にだしていた。

「でも、つくるのは、すげーたいへんだったなぁ」

じーっと見《み》ながら、つぶやいた。


「……こんなにめんどくせぇ、たいへんなことを、いそがしく働《はたら》いてる母《かあ》ちゃんにオレは、やれっていってたんだなぁ」


「え？」

ノリオの意外《いがい》な言葉《ことば》に、オレとミノルは小《ちい》さくおどろいた。

ノリオはしずかにつづける。

「母《かあ》ちゃんもそうだ。給食《きゅうしょく》の調理員《ちょうりいん》さんたちもそうだ。いっつも、こんなにめんどくせぇたいへんなことを、オレたちのためにやってくれてたんだなぁ」

じゅわじゅわじゅわじゅわじゅわー。

じゅわじゅわじゅわじゅわじゅわー。

しずかな家庭科室《かていかしつ》に、からあげをあげる音《おと》だけが聞《き》こえる。

ノリオは、どこか反省《はんせい》したような顔《かお》つきで、からあげをつくりつづけていた。


とうとう、からあげが完成《かんせい》した。

ノリオはからあげにつまようじをさすと、ぐいっとつきだす。

「味《あじ》をかくにんしてくれ、田中《たなか》」

湯気《ゆげ》の立《た》つからあげを、うけとった。

「御石井小学校《おいしいしょうがっこう》のレシピのままだ。なんにも余計《よけい》なことはしちゃいねぇ。グミも、粒《つぶ》ガムも、大量《たいりょう》の塩《しお》もトウガラシも、ぜんぶガマンしたぞ」

オレはアツアツのからあげをふーふー冷《さ》ましてから、ひと口《くち》かじった。

「どうだっ？」

興奮《こうふん》した感《かん》じのノリオは、ぐいぐい顔《かお》を近《ちか》づけてきた。

オレの目《め》の前《まえ》が、ノリオの丸顔《まるがお》でいっぱいになる。

顔《かお》が近《ちか》い。本当《ほんとう》に近《ちか》い。はく息《いき》がかかる。しゃべるとつばもかかりそう。ひょっとしたら鼻毛《はなげ》の先《さき》が、オレの顔《かお》にふれているんじゃないだろうか？　ああああっ！　チューだけは、ぜったいにいやだぞ、って……。

……ん？　こんなの、先週《せんしゅう》にもあったよな。

「田中《たなか》くん、どうなんだよぉ。感想《かんそう》をはやく教《おし》えてよぉ」

ミノルが気《き》になってしかたがないという顔《かお》で聞《き》いた。

「……うまい」

オレが笑顔《えがお》でこたえると、ノリオとミノルも笑顔《えがお》になった。

「おせじじゃねぇだろうなっ？」

「ノリオ、すごいぞ。本当《ほんとう》に、うまい」

御石井小学校《おいしいしょうがっこう》でも、からあげは人気《にんき》の給食《きゅうしょく》メニューだ。その味《あじ》にかなり近《ちか》かった。

こんなにやわらかくてジューシーなからあげは、なかなかつくれないと思《おも》ったほどだ。

オレは正直《しょうじき》、ノリオがここまでやるとは思《おも》っていなかったから、なんだかものすごく感《かん》心《しん》してしまった。

「ウソだと思《おも》うんなら、ノリオも食《く》えよ」

オレの言葉《ことば》を聞《き》いて、ミノルが少《すこ》しだけふざけた。

「あ、でもノリオ。味見《あじみ》で食《た》べるのはひとつだけだよ。でないと誕生日会《たんじょうびかい》で食《た》べる分《ぶん》がなくなっちゃうからね」

ミノルはからあげにつまようじをさして、ノリオにわたしてやった。

アツアツのからあげを、ほおばるノリオ。

「熱《あつ》っ、熱《あつ》い！　熱《あつ》いアツイ熱《あつ》いあついっ！　……おいっ、めちゃくちゃうまいぞ！」

「本当《ほんとう》だ、おいしいねぇ！」

「こんな味《あじ》のガムがあったら、オレは永遠《えいえん》にかむ！」

「……からあげ味《あじ》のガムなんかいやだよ」

予想以上《よそういじょう》に、からあげづくりは大成功《だいせいこう》だった。

はずなのに。

「でも、なーんか、ちげぇな」

え？

ノリオの言葉《ことば》に、オレもミノルもおどろいた。

「おい、ノリオ。どういうことだよ？」

「このからあげは、むちゃくちゃうまい。さすがは御石井小学校《おいしいしょうがくこう》のからあげだ」

ノリオの母《かあ》さんの「ノリノリからあげ」は、御石井小学校《おいしいしょうがっこう》のレシピをもとにつくっている。ノリオが小学校《しょうがっこう》1年生《ねんせい》のときにもらったレシピなんだ。

味《あじ》は、似《に》ているはずなんだけど……。

「でも、なんか、ちがう」

「ちがうって、どうちがうんだよ？」

オレの言葉《ことば》に、ノリオは首《くび》をかしげた。

「いやぁ。わからねぇ」

「そんなぁ」

「同《おな》じ味《あじ》だし、どっちもすげーうまいんだけど……うーん。へへへ」

ノリオは、にやりとわらった。

「ま、もうひとつ食《く》ってみたらわかるかもしんねぇな」

つまようじで、ふたつ目《め》のからあげをねらう。

「ダメだよ、ノリオ！」

ミノルがからあげの皿《さら》を守《まも》るようにしてノリオから遠《とお》ざける。

「もうひとつ食《た》べると、ぜったいにぜんぶ食《た》べちゃうよ！」

「おいおい、そんなかたいことというなって。なぁ、ミノル。オレがそんな残念《ざんねん》なことをするように見《み》えるかよ」

「すごく見《み》えるよっ」

「なんだとっ！」

「まぁまぁ、おちつけってば」

イスから立《た》ちあがるノリオをおちつかせながら、オレはノリオに聞《き》いた。

「ところで、ノリオ。誕生日会《たんじょうびかい》は何時《なんじ》からなんだよ？」

ノリオは家庭科室《かていかしつ》の時計《とけい》を見《み》あげた。

「あああああああっ！」

見《み》あげたついでに、声《こえ》もあげた。

「しまった。もうすぐ16時《じ》だ。時間《じかん》がないぞ！」

「……おいおい」

「じゃ、さっそくかたづけようよ！」

オレたち3人《にん》は飛《と》びあがって、あとかたづけを始《はじ》めた。

オレが冷《さ》めたからあげの油《あぶら》を捨《す》て、ミノルが洗《あら》い物《もの》にとりかかる。

ノリオはからあげを持《も》って帰《かえ》る準備《じゅんび》だ。

「……ミナミがこの様子《ようす》を見《み》たら、オレたち、きっと怒《おこ》られるな」

「そうだね。『つくりながら、かたづける！』って、こないだいってたもんね」

「おい、田中《たなか》。完成《かんせい》したからあげは、なにか家庭科室《かていかしつ》のいれ物《もの》を借《か》りて運《はこ》べばいいか？」

「おう。そうしてくれ」

あとかたづけを、テキパキと進《すす》めながら。

「うーん」

オレは、やっぱり気《き》になっていた。

「ノリオの母《かあ》さんは、御《お》石井《いしい》小学校《しょうがっこう》のレシピに、いったいなにを足《た》したのかなぁ？」

どうやら『ノリノリからあげ』には、なにかヒミツがありそうなんだ。

＊

かたづけ終《お》わってすぐのこと。

オレたち３人《にん》は、家庭科室《かていかしつ》を飛《と》びだした。廊下《ろうか》をいそぐ。

「ノリオ、からあげは持《も》ってきたか？」

「あたり前《まえ》だっ」

早足《はやあし》のノリオはにこにこ顔《がお》で、ぐいっと、フタのついた容器《ようき》をつきだした。

「オレ、このからあげを母《かあ》ちゃんに食《く》ってもらって、ひどいこといっちまったことをあやまるぞ」


「ん？」

それはよかったとは思《おも》ったけれど、オレはとても大事《だいじ》なことに気《き》がついた。

「おい、ノリオ。フタがちょっとあいてるぞ。キッチリしめとけよ」

「もちろんだぜ！　ふひひひひっ」

オレの声《こえ》を聞《き》いているのか、いないのか。

ノリオはものすごーくにやにやしていた。

大《おお》きな体《からだ》から、よろこびがあふれている。ついでに鼻《はな》から毛《け》がはみでている。きっと家《か》族《ぞく》みんながおどろいて踊《おど》りだす様子《ようす》でも、頭《あたま》に思《おも》い浮《う》かべているんだろう。

「ノリスケとノリゴロウには、16時《じ》に家《いえ》にいろっていってあんだ」

「ノリオの家《いえ》って、ここからどのくらいなの？」

「ダッシュで10分《ぷん》！　ひゃははははは！」

からあげの完成《かんせい》がよっぽどうれしいみたいで、ノリオは完全《かんぜん》にうかれていた。

「よっしゃ。ギリギリまにあいそうだな」

階段《かいだん》をおり、下駄箱《げたばこ》で靴《くつ》にはきかえて、校舎《こうしゃ》の外《そと》へ。正門《せいもん》をでる。

ノリオを先頭《せんとう》に、オレ、ミノルで、通学路《つうがくろ》を走《はし》った。

10分《ぷん》くらい走《はし》ったころに。

「ふたりとも、そろそろだぞっ」

オレの目《め》の前《まえ》で、ノリオは笑顔《えがお》でふりかえった。

「この横断歩道《おうだんほどう》をわたってから……あああっ！」

ふりかえったまま、ノリオが叫《さけ》んだ。

「おい、ミノル！」

オレは一瞬《いっしゅん》、なんのことだかまったくわからず、ノリオの視線《しせん》の先《さき》をふりかえる。

「あぶねぇぞ！」

ミノルはつかれていたみたいで、ほそい道《みち》の真《ま》ん中《なか》を走《はし》ってしまっていたんだ。

「ミノル、よけろ！　はじっこに！」

「え？　なに？」

そのうしろからは、猛《もう》スピードのバイクが、ミノルにむかって突進《とっしん》していた。

ミノルの横《よこ》スレスレを、強引《ごういん》にとおろうとしているみたいだ。

「田中《たなか》っ！　ちょっとこれ、持《も》ってろ！」

ノリオはからあげのはいった容器《ようき》を、オレに無理《むり》やり押《お》しつけた。

そのときのことだ。

「え？　おい、ノリオ！」


あああっ、まずいぞ！

とんでもないことになっちゃったじゃないか！


オレが口《くち》を動《うご》かすよりもはやく、ノリオはミノルを助《たす》けにむかう。

「え？　なに？　あ？　バイク？　うわぁ！」

「ええいっ！」

ノリオはミノルを、両手《りょうて》でほとんどつきとばした。

バイクはノリオの背中《せなか》スレスレを強引《ごういん》にとおって、あやまりもせずに走《はし》りさった。

「あああ……」

壁《かべ》に寄《よ》りかかるようにして、ミノルが気《き》のぬけた声《こえ》をあげた。

「あぶねぇ運転《うんてん》だなぁ。ま、ミノルが無事《ぶじ》でよかったよ」

ミノルの顔《かお》は真《ま》っ青《さお》だ。

「どうした、そんな気《き》の抜《ぬ》けた声《こえ》をだして？　まぁ、怖《こわ》かったよな」

ところが。

ミノルはバイクにひかれそうになって怖《こわ》かったから、顔《かお》を青《あお》くしたわけではなかった。

「……あの、ノリオ」

「お礼《れい》なんかいいんだぞ。オレは、世界《せかい》で一番親切《いちばんしんせつ》なんだ」

「いや。その。お礼《れい》じゃなくて……」

ミノルの言葉《ことば》は、つづかなかった。

その代《か》わり、指《ゆび》をさした。

その指《ゆび》の先《さき》には、オレがいて、その足《あし》もとには――。

「おい、田中《たなか》っ！」

気《き》づいたノリオが、叫《さけ》んだ。


ノリオのつくったからあげが、ぜんぶ地面《じめん》に散《ち》らばっていたから。


「てめぇえ、ふざけんなよ！」

一瞬《いっしゅん》でプチトマトみたいに真《ま》っ赤《か》になったノリオは、ずかずかとオレにちかづく。

ぐいっと、むなぐらをつかんできた。

「なにしてんだよ、田中《たなか》っ！　きちんと受《う》けとれなかったのかよ！」

オレは、しゃべれなかった。

だって事実《じじつ》をノリオに教《おし》えると。

ノリオは、きっとへこんでしまう。

「……ねぇ、ノリオ」

ミノルがえんりょがちに口《くち》をひらいた。

「なんだよ、ミノルっ」

「さっき田中《たなか》くんが『フタがちょっとあいてるぞ』って教《おし》えてくれたよね」

「それがどうしたっ」

「あのあと、フタは、しめたのかな？」

「……あ」

ノリオは、自分《じぶん》のミスに気《き》がついた。

そうなんだ。

じつはさっき、あまりにあせっていたせいで、ノリオがオレに押《お》しつけたいれ物《もの》は、横《よこ》むきになってしまっていた。

フタがきちんとしまっていなかったから、中身《なかみ》はすべて、地面《じめん》に落《お》ちた。

「オレのせいかよ」

ノリオはそうつぶやいてから、オレのむなぐらから手《て》をはなした。

小《ちい》さくいった。

「悪《わり》い、田中《たなか》」

それからはっきり、こういった。

「おれのせいだな」

ノリオはそのまま力《ちから》なくしゃがみこんだ。

オレとミノルには背中《せなか》をむけて、からあげをひろう。まるで、ゴミでも集《あつ》めるみたいに。

あんなにおいしくできたのに。

あんなにいっしょうけんめいつくったのに。

砂《すな》まみれのからあげは、残念《ざんねん》だけど、もう食《た》べることはできない。

オレも、ミノルも、だまってからあげをひろった。

「オレ、母《かあ》ちゃんと一緒《いっしょ》だ」

ノリオの声《こえ》が聞《き》こえた。

オレとミノルのところからは、しゃがんだノリオの背中《せなか》しか見《み》えない。

「ぜったいやぶりたくなかったのに、弟《おとうと》たちとの大事《だいじ》な約束《やくそく》を、やぶっちまった」

声《こえ》しか聞《き》こえなかったけど、ノリオはきっと、泣《な》いている。

ノリオが、容器《ようき》のフタをしめなかったこと。

ミノルが、道《みち》の真《ま》ん中《なか》を走《はし》ってしまったこと。

オレが、きちんと容器《ようき》を受《う》けとれなかったこと。

3人《にん》の小《ちい》さな失敗《しっぱい》は、誕生日《たんじょうび》のからあげを台《だい》なしにするという、大《おお》きな失敗《しっぱい》につながってしまった。

誰《だれ》が悪《わる》いって話《はなし》じゃないけど、3人《にん》の空気《くうき》は、重《おも》く、暗《くら》い。

「まぁ……じゃ、いくか」

砂《すな》まみれのからあげをいれた容器《ようき》を手《て》に、ノリオが声《こえ》をだした。

とぼとぼと、ノリオの家《いえ》まで歩《ある》く。

さっきまで元気《げんき》に走《はし》っていたのがウソみたいだ。

ノリオも、ミノルも、まったくしゃべらなかった。

オレだってそうだ。

貼紙厳禁
014

3人《にん》ともが「自分《じぶん》のせいだ」と、責任《せきにん》を感《かん》じていたんだから。

「なぁ、ふたりとも」

それでもオレは、せいいっぱいの笑顔《えがお》をつくる。

「いまからノリスケとノリゴロウの誕生日会《たんじょうびかい》なんだぞ？　くらーい顔《かお》はやめようぜ」

オレの言葉《ことば》に、ノリオもミノルも、少《すこ》しだけ笑顔《えがお》を見《み》せた。

それでもやっぱり、空気《くうき》は重《おも》く、暗《くら》かったんだ。

「ここ、オレんち」

しばらく歩《ある》いて、とあるマンションにはいった。

「大久保《おおくぼ》」という表札《ひょうさつ》のある、ドアの前《まえ》で立《た》ちどまる。

ピンポーン。

「おかえりー！」

ドアをあけてでてきたのは、ノリスケでもノリゴロウでもなかった。

「あらあらあらあら。田中《たなか》くんと、ミノルくんも！　こんにちは！」

それはもちろん、ノリカでもない。

「え？　なんで、いるんだよ？」

重苦《おもくる》しかったはずの空気《くうき》は、明《あか》るい声《こえ》でふき飛《と》ばされた。

ノリオは信《しん》じられないといった顔《かお》で、目《め》をぱちぱちさせている。

「母《かあ》ちゃん」

4杯目《はいめ》

母《かあ》ちゃん、ごめん

「母《かあ》ちゃん」

玄関《げんかん》からでてきた母《かあ》さんを見《み》て、ノリオはおどろいていた。

「なんで家《いえ》にいるんだよ」

おどろくノリオに、母《かあ》さんが明《あか》るい声《こえ》をかける。

「ほら、ノリオ。なにをぼーっとしてんだい」

「え、いや、だって……」

「はやく家《いえ》にあがってもらいな」

「なぁ、母《かあ》ちゃん！」

家《いえ》の中《なか》に戻《もど》ろうとする母《かあ》さんを、ノリオはひきとめた。

「今日《きょう》は、どうしても休《やす》めない急《きゅう》な仕事《しごと》があるんじゃなかったのかよ？」

「ああ、それなんだけどね」

オレやミノルを家《いえ》の中《なか》へとむかえながら、まだ玄関《げんかん》にいるノリオにわらいかけた。

「いろんなひとたちに頭《あたま》をさげて、代《か》わってもらったんだよ」

「え……」

「その分《ぶん》、明日《あした》からがなかなかたいへんなんだけどね。まぁ、どうにかなるさっ」

玄関先《げんかんさき》でかたまるノリオに、ノリオの母《かあ》さんはにこにことつづけた。

「ノリカから聞《き》いたよ。あんた今日《きょう》は『ノリノリからあげ』をつくってやるんだろ？」

母《かあ》さんのうしろから3人組《にんぐみ》が、ひょっこりと心配《しんぱい》そうな顔《かお》をだした。

「お、おう」

「だったらノリオにばっかり誕生日会《たんじょうびかい》の準備《じゅんび》をさせるわけにはいかないじゃないのさ」

ノリオの母《かあ》さんは大《おお》きくわらった。

それから、ふと、視線《しせん》をノリオの手《て》もとへむけた。

「もしかしてそれが、つくってきたからあげなのかい？　……おや？」

いいながら、気《き》がついた。

「砂《すな》が、ついているね」

ノリオは下《した》をむき、くやしそうな顔《かお》で、だまってしまった。

おちこむノリオをしばらく見《み》てから、ノリオの母《かあ》さんは声《こえ》をかけた。

「ノリオ……」

――せっかくつくったからあげ、落《お》としちゃったのかい？

オレはてっきり、そんないや～な言葉《ことば》がつづくとばかり思《おも》っていた。

ところが。

「いまから一緒《いっしょ》に、『ノリノリからあげ』をつくろうか！」

明《あか》るい声《こえ》で、それだけいった。

さっそくからあげをつくりに、家《いえ》の中《なか》へとはいっていった。

「あっ。ママもからあげつくるのっ？」

「ぼく、手《て》つだうよ！」

「うんうん、そうそう！」

ノリカにノリスケ、ノリゴロウが、いっせいに母《かあ》さんをおいかけた。

すると母《かあ》さんは元気《げんき》な声《こえ》で3人組《にんぐみ》に呼《よ》びかけた。

「さーて、あんたたち。いそがしくなるよ。なんたって、うちのからあげは2回《かい》もあげるんだからね」

2回《かい》も、あげる？

オレは聞《き》きのがさなかった。

「……ああっ、そういうことだったのか！」

オレは思《おも》いっきり目《め》も口《くち》もあけて感心《かんしん》した。

「おいしさのヒミツは、『2度《ど》あげ』だ！」

「田中《たなか》くん、どういうこと？」

ミノルが聞《き》いてきた。

「からあげにはさぁ、『2度《ど》あげ』っていう技《わざ》があるんだ」

「なにをするの？」

「1回《かい》あげて、時間《じかん》をあけて冷《さ》ましてから、もう1回《かい》あげなおす。そうすると、中《なか》はやわらかくて、外《そと》はザクザク。すごくおいしくなるんだよ」

こうすると、味《あじ》つけが一緒《いっしょ》でも、食《た》べた感《かん》じがちがってくる。

ノリオが「なーんか、ちげぇ」といっていたのは、きっと「2度《ど》あげ」のおかげなんだ。

「へぇ。からあげに、そんな技《わざ》があったんだね！」

「あらあら、田中《たなか》くんたち。家《いえ》にあがってちょうだい」

なんてエプロンをつけたノリオの母《かあ》さんが、にこにこと玄関《げんかん》に戻《もど》ってきた。

そのときのこと。

にこにこしていた母《かあ》さんの表情《ひょうじょう》が、一瞬《いっしゅん》でかたくなった。

「……え、ノリオ？」

オレもミノルもおどろいて、玄関《げんかん》のノリオをふりかえる。

「…………」

だまったままのノリオの顔《かお》は、ちょっと怖《こわ》いくらいだった。

にこにこ元気《げんき》な母《かあ》さんの顔《かお》とは、まるでちがう。

砂《すな》まみれのからあげのいれ物《もの》を、ノリオは力《ちから》なく玄関《げんかん》の靴箱《くつばこ》の上《うえ》に置《お》いた。

「仕事《しごと》を無理《むり》に休《やす》ませちまった。からあげを代《か》わりにつくることもできなかった」

小《ちい》さいけれども、しっかり告《つ》げた。

「オレ、文句《もんく》をいうくせに、母《かあ》ちゃんのなんの役《やく》にも立《た》ってなかった」

しっかりと、母《かあ》さんを見《み》る。


「……母《かあ》ちゃん、ごめん」

ところが。

「「きゃーっ！」」


ノリオはたしかにあやまった。

けれどもその「ごめん」は、キッチンから聞《き》こえた大《おお》きな声《こえ》に消《け》されてしまう。

「母《かあ》ちゃん、たいへんだ！　ノリゴロウがころんじゃった！」

「はしゃいでジャンプしすぎたの！」

「うんうん……そうそう……。痛《いた》たたたた」

さーっと顔《かお》を青《あお》くした母《かあ》さんは、すぐにキッチンへと戻《もど》ってしまった。

「……ああ。せっかくあやまったのに」

ノリオはうつむく。

「やっぱりオレは、あとまわしじゃねぇか……くそぉ！」

ノリオは玄関《げんかん》から飛《と》びだした。

「あ！　待《ま》てよ、ノリオ！」

オレはくつをはき、ダッシュでノリオをおいかける。

「え？　田中《たなか》くん、どこいくのっ！」

ミノルもあわてておいかけてきたみたいだった。

＊

マンションをでてすぐの道路《どうろ》で、オレはノリオの手首《てくび》をつかんだ。

「ノリオ、待《ま》てっ」

ふりかえったノリオは、イライラしていた。やけになっているみたいだった。ふてくされているようにも見《み》えた。鼻毛《はなげ》も怒《おこ》っていた。

「ふんっ！　見《み》たろ。オレがせっかくあやまったって、母《かあ》ちゃんは3人《にん》のほうが大事《だいじ》なんだ。オレの話《はなし》なんか、聞《き》いちゃいない」

「いまのはしかたがないだろ」

オレの言葉《ことば》を気《き》にせずに、ノリオはつかまれている手首《てくび》を見《み》おろす。

「田中《たなか》、手《て》をはなせ」

「いやだ」

「あ？　なんだと？」

怖《こわ》い顔《かお》で、見《み》おろしてくるノリオ。

負《ま》けずに、見《み》あげた。

「おまえ、母《かあ》さんにあやまるんだって、いってたよな」

「もう、あやまったけどな」

「聞《き》こえなかったじゃないか」

「あっちが聞《き》いてねぇんだからしかたねぇ。3人《にん》のほうが大事《だいじ》なんだからよぉ」

「だから、そんなことないって！」

「そんなことあるんだよ」

ノリオは舌打《したう》ちすると、オレの手《て》を無理《むり》やりほどいた。

「母《かあ》ちゃんは、オレなんかどうでもいいんだ！」

ノリオの、この言葉《ことば》を聞《き》いて。

「……おまえそれ、本気《ほんき》でいってるんじゃないだろうな？」

もう一度《いちど》、ノリオの手首《てくび》をつかんだ。

オレは、しずかに、怒《おこ》っていた。

だって、ノリオは、わかっていない。

おまえは母《かあ》さんから、ものすごく大事《だいじ》にされているんだぞ！

「なぁ、ノリオ。『ノリノリからあげ』をさいしょに食《た》べたのは、おまえが小学校《しょうがっこう》1年生《ねんせい》のときのことだって、いってたよな？」

オレは、どんなにノリオが大事《だいじ》にされているのか、説明《せつめい》を始《はじ》める。

「あ？　さいしょに食《た》べた？」

あまりに真剣《しんけん》なオレの声《こえ》に、ノリオは少《すこ》しおどろいてから、素直《すなお》にこたえた。

「ああ、そうだ。小《しょう》1のときだ」

「初《はじ》めて『ノリノリからあげ』を食《た》べたときのこと、覚《おぼ》えてるか？」

ノリオは首《くび》を横《よこ》にふる。

「いや。……なんか『うまかった』ことくらいしか、覚《おぼ》えてねぇけど」

「『ノリノリからあげ』は、おまえの母《かあ》さんがおまえのことを大事《だいじ》に思《おも》ってくれている証《しょう》拠《こ》なんだよ」

「田中《たなか》くん。それって、どういうこと？」

いつのまにかおいついていたみたいで、ミノルはオレのうしろからそっと聞《き》いた。

「ふたりとも、考《かんが》えてみろよ」

オレは目線《めせん》を、ミノルからノリオにうつした。

『ノリノリからあげ』は、御石井小学校《おいしいしょうがっこう》のレシピをもとにしているんだぜ？」

「それがどうした？」

「ノリオが小学校《しょうがっこう》1年生《ねんせい》のときに、ノリスケやノリゴロウやノリカは、まだ小学校《しょうがっこう》にかよっていないんだ」

オレはひとつ声《こえ》を大《おお》きくした。


「母《かあ》さんはさいしょの『ノリノリからあげ』を、おまえのためにつくったんだぞ！」


御石井小学校《おいしいしょうがっこう》の給食《きゅうしょく》レシピは、栄養《えいよう》の先生《せんせい》や調理員《ちょうりいん》さんに聞《き》けば、教《おし》えてくれる。

だからさいしょの『ノリノリからあげ』は、ノリオのリクエストを聞《き》いた母《かあ》さんがつくってくれているはずなんだ。

だって3人組《にんぐみ》はまだそのとき、御石井小学校《おいしいしょうがっこう》の給食《きゅうしょく》を食《た》べたことがないんだから。

「……あ」

オレはしずかに、ノリオの手首《てくび》をはなした。

ノリオはよーく考《かんが》えるように腕《うで》を組《く》む。

「だから、ノリオ。もう一回《いっかい》、仲《なか》なおりしろよ」

それでも、ノリオはどこか素直《すなお》になれなかったのかもしれない。

「……うるせぇよ」

へらへらとこたえる。

「親《おや》とのケンカなんていつものことだろ？　そんなの、ほっときゃいいじゃねぇか」

急《きゅう》に。

「そんなことねぇよ！」

オレはつい、大《おお》きな声《こえ》をだしてしまった。

「え、田中《たなか》？」

まさかオレが叫《さけ》ぶとは思《おも》っていなかったみたいだ。ノリオは一瞬《いっしゅん》でかたまった。

「ねぇ、ノリオ」

おどろくノリオに、ミノルがそっと説明《せつめい》した。

「ノリオは『親《おや》とのケンカなんていつものこと』って思《おも》っているかもしれないけれど、田《た》中《なか》くんはそうじゃないよ。お父《とう》さんとも、お母《かあ》さんとも」

「……ああ、そうだったな」

ノリオはすまなそうな顔《かお》でだまる。

「なぁ、ノリオ。もう一回《いっかい》、母《かあ》さんにあやまりにいこうぜ」

いきたいんだけど、いきたくない。ノリオの顔《かお》はそんな感《かん》じだ。

「おまえ、さっき母《かあ》さんがいってた『ノリノリからあげ』のヒミツを、聞《き》いてただろ？」

「あ？　……お、おう。さっきの『2度《ど》あげ』ってやつか？」

オレはうなずく。

「きっと、一緒《いっしょ》なんだ」

「どういうことだ？」

ノリオはよくわからないという顔《かお》をした。

「1回《かい》でできなくったって、またやってみればいいんだよ」


腕《うで》を組《く》んだノリオはオレの言葉《ことば》を味《あじ》わうみたいに、しばらく目《め》をつぶって考《かん》えていた。

誰《だれ》かへの親切《しんせつ》に何回《なんかい》失敗《しっぱい》したってひとにやさしいノリオになら、オレの気持《きも》ちはきっと伝《つた》わる。オレはそんなことを考《かんが》えていた。

「ふんっ」

ノリオは鼻《はな》から、大《おお》きく息《いき》をだした。

「……そう、かもしんねぇな」

ノリオだって、母《かあ》さんとはやく仲《なか》なおりしたいんだ。

ゆっくりとうなずいてから、いそいで家《いえ》へと戻《もど》っていった。

＊

オレたちがノリオの家《いえ》に戻《もど》ると。

「あらあら、どこにいっていたのよ？」

ノリオの母《かあ》さんはそうほほえみながら、リビングにくるようにすすめてくれた。

リビングにあるイスに、オレとミノルは並《なら》んで座《すわ》った。

座《すわ》るとき、キッチンには大量《たいりょう》のからあげが見《み》えた。２回目《かいめ》をあげる前《まえ》に、大《おお》きなお皿《さら》の上《うえ》でまだ冷《さ》ましているところだった。

ノリオは、オレの正面《しょうめん》の席《せき》に着《つ》いた。

「はい。みんな、ジュースでもどうぞ」

ノリオの母《かあ》さんが、ジュースを持《も》ってきてくれた。

母《かあ》さんがやってきたとたんに、ノリオはなんだかおちつかなくなった。

きっとあやまるタイミングがわからずに、そわそわしているんだろう。目《め》が部屋《へや》の中《なか》を泳《およ》ぎまくって、呼吸《こきゅう》もはぁはぁ大《おお》きめで、ものすごく心配《しんぱい》だ。

そこでオレは……。

「あのー」

「なにかしら、田中《たなか》くん？」

「『ノリノリからあげ』は、どういうキッカケでつくるようになったんですか？」

オレの質問《しつもん》に、ミノルもノリオもノリオの母《かあ》さんに一瞬《いっしゅん》で注目《ちゅうもく》した。

ノリオの母《かあ》さんがうれしそうにほほえむ。

「小学校《しょうがっこう》に入学《にゅうがく》したばかりのノリオが、『給食《きゅうしょく》のからあげ本気《ほんき》でうめぇ！』って、栄養《えいよう》の先生《せんせい》にわざわざ報告《ほうこく》をしにいったらしいの。そしたら栄養《えいよう》の先生《せんせい》が、とてもよろこんでくれたみたい。レシピを教《おし》えてくれたのさ」

——母《かあ》ちゃん、このからあげをつくってくれよ！

そのレシピを手《て》に、小《しょう》1のノリオは母《かあ》さんにおねがいしたそうだ。

「へぇ！　やっぱりノリオがキッカケだったんだね！」

ミノルは、おどろいて声《こえ》をあげたんだけど。

ノリオは、おどろいて声《こえ》をあげられなかった。

「……本当《ほんとう》に、田中《たなか》のいってたとおりだったな」

ノリオはしずかに感心《かんしん》している。

「からあげに名前《なまえ》をつけたのも、ノリオ、あんただよ」

「な、名前《なまえ》？」

なつかしそうな顔《かお》をしたノリオの母《かあ》さんに、ノリオも含《ふく》めた全員《ぜんいん》が注目《ちゅうもく》した。

「よっぽどおいしいのか、食《た》べるといっつもおしりをふって、ノリノリで変《へん》な踊《おど》りを始《はじ》めちゃう。それが名前《なまえ》の由来《ゆらい》なんだよ」

「え、ちょっと、母《かあ》ちゃん？」

変《へん》な踊《おど》りといわれたノリオは、顔《かお》を赤《あか》くしてあわてた。

「あー。ノリオは、いまでも給食中《きゅうしょくちゅう》に変《へん》な踊《おど》りをしますよ」

なんていいながら変顔《へんがお》をつくったオレが、イスに座《すわ》ったままブリブリおしりをふって、ノリオの踊《おど》りをまねすると。

「あわわわ。や、やめろ、田中《たなか》っ！」

ノリオは顔《かお》を赤《あか》くしたまま、テーブルをはさんで、必死《ひっし》にオレをとめようとする。

ノリオとふざけあいながら、オレはノリオに聞《き》こえるように、大《おお》きな声《こえ》でかくにんをした。

「じゃあ、さいしょの『ノリノリからあげ』は、ノリオのためにつくったんですね？」

「ええ、そうよ」

うなずく母《かあ》さんの声《こえ》に、ノリオの動《うご》きが、ピタリととまった。

「それが、うちでは、ずーっとずーっとつづいているの」

「……さいしょは、オレのためだったのか」

ノリオは、はっきり声《こえ》にだした。

忘《わす》れていた大事《だいじ》な思《おも》いでを、心《こころ》に刻《きざ》みなおしているみたいに見《み》えた。

それから、真剣《しんけん》な顔《かお》で――。


「……母《かあ》ちゃん、ごめん」


横《よこ》に立《た》っていた母《かあ》さんに体《からだ》をむけて、ノリオは口《くち》をひらいたんだ。

「オレ、なんか、すげー勘《かん》ちがいしてた」

「おやおや、ノリオ？」

ノリオの母《かあ》さんは、少《すこ》し困《こま》った顔《かお》になる。

「ひどいことといって、ごめん。『いそがしくてもからあげつくれ』とか、『母《かあ》ちゃんは、オレにだけはやさしくねぇ！』とか……」

見《み》る見《み》るうちに、聞《き》いていた母《かあ》さんの顔《かお》が、なみだでくずれそうになっていく。

ノリオはその表情《ひょうじょう》に気《き》がつくと、それを見《み》るのがつらいみたいに、頭《あたま》をさげた。

「とにかく、いろいろ、ごめん！」

ここでノリオの母《かあ》さんが口《くち》をひらくよりもはやく、ノリオはさっと立《た》ちあがった。

3人組《にんぐみ》やオレたちに見《み》られていて、急《きゅう》にはずかしくなったのかもしれない。

オレたちに背《せ》をむけて、キッチンへむかった。

「なぁ、母《かあ》ちゃん！」

背《せ》をむけながら、はずかしさをふき飛《と》ばすみたいな大《おお》きな声《こえ》でかくにんした。

「そろそろ『2度《ど》あげ』するんだろ？」

「え？　ああ、そうだよ」

「オレがやる」

ノリオはコンロに火《ひ》をつけ、菜《さい》バシを持《も》った。鍋《なべ》がだんだん熱《あつ》くなる。

「ノリオ、あぶないからダメ」

すぐに席《せき》を立《た》ち、ノリオの母《かあ》さんがかけ寄《よ》った。

「今日《きょう》は、オレがやる」

鍋《なべ》の油《あぶら》がだんだん熱《あつ》くなっていくみたいに、ノリオの気持《きも》ちも熱《あつ》くなってきたみたいに、オレには見《み》えた。

「いや、今日《きょう》だけじゃねぇ。母《かあ》ちゃん、いつもいそがしいもんな。もう『つくれ』なんていわねぇよ」

「ノリオ？」


「次《つぎ》にうれしいことがあったときには、『ノリノリからあげ』は、オレがつくる」


鼻息《はないき》あらくいいきるノリオに、母《かあ》さんはにこりとほほえみかけた。

「ありがとう、ノリオ」

ところが。

ノリオの母《かあ》さんは、少《すこ》しだけ強引《ごういん》にノリオから菜《さい》バシをうばったんだ。

「あ、なにすんだよ」

ノリオの母《かあ》さんはうれしそうだけど、どこか少《すこ》し困《こま》った顔《かお》にも見《み》える。

「ありがたいけど、あんたひとりでからあげなんかやっちゃダメ」

「ひとりがダメなら、田中《たなか》に見《み》ていてもらえばいい。いいだろ、田中《たなか》っ？」

「おう！」

ノリオは、オレの返事《へんじ》に笑顔《えがお》になった。

それから母《かあ》さんをまっすぐ見《み》た。

「母《かあ》ちゃんのためだ。次《つぎ》にうれしいことがあったら、『ノリノリからあげ』はオレがつくる！」

「うーん、そうだねぇ」

ノリオの母《かあ》さんは、なにかを考《かんが》えていた。

しばらくしてから。

「……だったら、いま、おねがいしようかしらね」

いま、おねがいする？

一瞬《いっしゅん》どういう意味《いみ》だかわからなかった。

たったいま「あぶないからダメ」だといったばかりなのに。

なんで、急《きゅう》にいっていることを変《か》えたんだろう。

うばったばかりの菜《さい》バシを、ノリオの母《かあ》さんはそっとかえした。

「手《て》つだってくれるノリオを見《み》ていたら、母《かあ》ちゃんね……」

にこりと、わらった。


「うれしくなったんだよ。いま」


家族《かぞく》にうれしいことがあると、大久保家《おおくぼけ》ではからあげをつくる。

「ふふふ。なぁ、ミノル」

「どうしたの、田中《たなか》くん？　急《きゅう》にわらいだして」

「これじゃあ大久保家《おおくぼけ》のごはんが、毎日《まいにち》、からあげになっちゃうな」

「……あっ。ふふふ。そうだね」

照《て》れるノリオをにこにこと見守《みまも》るノリオの母《かあ》さんを見《み》て、オレとミノルもつられてわらった。

＊

ピーンポーン。

それはちょうど、ノリオが大量《たいりょう》の『ノリノリからあげ』をつくり終《お》えたときのこと。

「ん？　誰《だれ》だ？」

ノリオはコンロの火《ひ》が消《き》えているのをかくにんすると、菜《さい》バシを置《お》き、玄関《げんかん》にむかった。

ガチャリ。

「おおおっ、おまえらか！」

ノリオはこっちにふりかえると、うれしそうに呼《よ》びかけた。

「ノリスケ、ノリゴロウ！　クラスの友《とも》だちがきてくれたぞ！」

ノリオは5年《ねん》1組《くみ》のみんなにだけは「誕生日会《たんじょうびかい》は中止《ちゅうし》だ！」といっていた。けれども、ノリスケやノリゴロウのクラスでは、そうじゃなかったみたいだ。

呼《よ》ばれたノリスケとノリゴロウは、いそいそと玄関《げんかん》へむかった。

だけど、その途中《とちゅう》で。

ふたりは、オレの前《まえ》にぎょうぎよく並《なら》んだ。

「田中《たなか》くん、ありがとう」

「うんうん、そうそう。ありがとう」

ふたりは交互《こうご》にお礼《れい》をいった。

ノリスケは、玄関《げんかん》をチラリと見《み》る。

「さっき母《かあ》ちゃんから聞《き》いたんだ。『田中《たなか》くんに教《おし》えてもらって、兄《にい》ちゃんがからあげをつくってくれたんだ』って」

ノリオの横《よこ》、靴箱《くつばこ》の上《うえ》には、砂《すな》にまみれたからあげのいれ物《もの》が置《お》いてあった。

「砂《すな》のついたからあげはもう食《た》べられないけど、兄《にい》ちゃんがオレたちのためにがんばってくれたって知《し》って、うれしかったよ」

「うんうん、そうそう！」

それからノリカも一緒《いっしょ》になって、3人組《にんぐみ》は声《こえ》をひとつにいった。

「兄《にい》ちゃんのからあげづくりを手《て》つだってくれて、ありがとう！」

「おーい！　ふたりとも、はやくこいよ！」

ノリオの声《こえ》が大《おお》きくなる。

「はやくこないと、せっかく持《も》ってきてくれたプレゼントは、オレがぜーんぶもらっちまうからな！」

「「ひーっ！　それはダメ〜っ！」」

顔《かお》を同時《どうじ》に青《あお》くしたふたりは、玄関《げんかん》にむかってダッシュした。

ひとりのこったノリカが、にこにこしている。

「田中《たなか》くん、ありがとう！」

「いやいや、そんな何度《なんど》もいうなよ」

そんなにお礼《れい》をいわれると、困《こま》る。オレは手《て》も首《くび》も横《よこ》にふった。

「だって、兄《にい》ちゃんと母《かあ》ちゃんが仲《なか》なおりできたのは、田中《たなか》くんのおかげだもん」

「おう。まぁ。よかったよ」

ほめられて、オレはすっかり照《て》れてしまった。

するとこのとき、キッチンから。

「さーてと、たーくさんつくったわねぇ」

ノリオの母《かあ》さんは、大量《たいりょう》の『ノリノリからあげ』を目《め》の前《まえ》に、エプロンをぬぐ。

「こっちは、わたしたち夫婦《ふうふ》のお夕飯《ゆうはん》にしましょうか」

ひとりごとでかくにんしながら、からあげを別《べつ》のお皿《さら》にわけ始《はじ》めた。

ノリスケとノリゴロウの友《とも》だちが、家《いえ》にはいっているちょうどそのとき。

「うちらも、ええかな？」

ミナミとユウナがやってきた。

「ケーキとか、プリンとか、デザートをみんなで買《か》ってきたの」

どうやら5年《ねん》1組《くみ》の友《とも》だちを、何人《なんにん》かつれてきたらしい。

友《とも》だちの声《こえ》を聞《き》いたオレとミノルは、いそいで玄関《げんかん》にむかった。

視線《しせん》も、動《うご》きも、玄関《げんかん》のミナミはなんだかおちつかない。

すると急《きゅう》に、にらむようにノリオを見《み》あげると、持《も》っていたケーキの箱《はこ》を、ぐいっとノリオに突《つ》きだした。

「おい、ミナミ。なんだこれは？」

「まぁ、誕生日会《たんじょうびかい》が中止《ちゅうし》やってのは知《し》ってるわ。でも、ケーキわたすくらいはかまへんやん？　それにな、ほら、なんちゅーか……」

なんだかはっきりしないミナミのうしろから。

「うふふふ」

ユウナがわらってつけたした。

「じつはミナミちゃんね、ノリオくんといい合《あ》いしたのをかなり気《き》にして、ずーっとおちこんでたんだよ」

「あああっ、ユウナ！　それはいったらアカンやつや！」

意外《いがい》とこまかいところを気《き》にしていたみたいだ。

あたふたするミナミから、ノリオはケーキを受《う》けとった。

「わははははは！　アリガトよ！　まぁとにかく、全員《ぜんいん》いますぐうちにあがれ！」

ノリオは腹《はら》から大《おお》きくわらった。

「うちは広《ひろ》くはないけれど、なーに、ひとは多《おお》いほうが楽《たの》しい。100人《にん》きてもだいじょーぶ！　家《いえ》の中《なか》で、おしくらまんじゅう大会《たいかい》、は……、ケガ人《にん》がでるからやめとくか」

ノリオはふりかえると、家《いえ》の中《なか》に声《こえ》をかけた。

「母《かあ》ちゃん！　みーんな家《いえ》にいれるけど、いいか？」

「もちろんだよ」

奥《おく》からこちらを見《み》ていたノリオの母《かあ》さんはうれしそうにうなずいた。

「せまいけど、あがってもらいな！」

＊

ノリオの家《いえ》の中《なか》は、おしくらまんじゅう状態《じょうたい》になった。

というのはいいすぎだけど。

みんな立《た》ったまま、部屋《へや》の真《ま》ん中《なか》に置《お》いたテーブルから、ケーキやジュースをとって食《た》べている。

オレとミノルは、すみっこのかべぎわに立《た》ってそんな楽《たの》しそうな様子《ようす》を見《み》ていた。

「ほれほれ、食《く》え食《く》えぇぃ！」

ノリオはからあげの大皿《おおざら》を手《て》に、ひとりひとりにからあげをすすめた。

大皿《おおざら》の『ノリノリからあげ』は大好評《だいこうひょう》で、みんなどんどんたいらげていく。

「これ、オレがつくったんだぜ！　すげーだろっ？」

ノリオはからあげを誰《だれ》かが食《た》べるたび、本当《ほんとう》にうれしそうな顔《かお》で、同《おな》じじまんをくりかえした。

こまかいことをいえば、ノリオがやったのは『2度《ど》あげ』のところだけだ。でも3人組《にんぐみ》も、母《かあ》さんも、もちろんいちいちそんな注意《ちゅうい》なんかしなかった。

「このからあげ、おいしい！」

「やわらかいのに、ザクザクだ！」

「ノリオ、すげーな！」

大好物《だいこうぶつ》のはずなのに、ノリオはからあげを自分《じぶん》では食《た》べなかった。誕生日会《たんじょうびかい》にきてくれた子《こ》が食《た》べるのを、満足《まんぞく》そうに見《み》るだけだった。

あっという間《ま》に『ノリノリからあげ』がなくなると……。

「母《かあ》ちゃん！」

気《き》づいたノリオは、空《から》のお皿《さら》を持《も》ってキッチンへかけこむ。

「『ノリノリからあげ』のおかわり、まだあるか？」

「ええ。持《も》っていくわね」

お皿《さら》を流《なが》しに置《お》いてから、お礼《れい》をいって、ノリオはくるりとふりかえった。

するとノリオの母《かあ》さんは。

さっき別《べつ》にわけておいたからあげの皿《さら》を、手《て》にとったんだ。

「あっ、待《ま》ってよ！」

ミノルがあわてた顔《かお》で声《こえ》をあげた。

——こっちは、わたしたち夫婦《ふうふ》のお夕飯《ゆうはん》にしましょうか。

あわてたミノルの顔《かお》を見《み》て、さっきのノリオの母《かあ》さんのひとりごとが、オレの頭《あたま》に浮《う》かんだ。

「ダメだよ、ノリオ！」

「ん、なんだミノル？」

「そのお皿《さら》のからあげは、晩《ばん》ごはんのため……、むごっ。むごむごむごっ」

ミノルの口《くち》を、オレはあわててふさいだ。

「だ、だいじょうぶだ。ノリオ。なんでもない」

「そうか。からあげのおかわりがくるぞ。おまえらも食《く》えよな！」

ノリオは笑顔《えがお》で戻《もど》っていった。

「ぷはぁ。はぁ。はぁ」

息《いき》をととのえて、ミノルがひそひそと口《くち》をひらく。

「田中《たなか》くん。だって、あのお皿《さら》のからあげは、ノリオのお父《とう》さんとお母《かあ》さんの晩《ばん》ごはんだよ。ぼくたち、さっき聞《き》いたじゃないか」

オレはノリオをチラリと見《み》ながら、指《ゆび》で「しーっ」とやって見《み》せた。

ミノルは少《すこ》し声《こえ》をおとしてつづける。

「お父《とう》さんとお母《かあ》さんが食《た》べるぶんがなくなっちゃったら、かわいそうだよ」

「かわいそう？」

オレは首《くび》を横《よこ》にふった。

「きっと、そんなことないぞ」

「え、どうして？」

「見《み》てみろよ、ミノル」

オレがこっそりと指《ゆび》さすほうにはは、にこにこしたノリオの母《かあ》さんがいた。

「はーい、おまちどおさま！」

からあげのお皿《さら》が置《お》かれると、わーっとみんなが集《あつ》まった。

「みんな、たくさん食《た》べていってね！」

「ほれほれ、食《く》え食《く》えぇい！」

うれしそうに食《た》べるみんなを、ノリオは満《まん》足《ぞく》そうに見《み》ている。

その満《まん》足《ぞく》そうなノリオの顔《かお》を、ノリオの母《かあ》さんが、満《まん》足《ぞく》そうに見《み》ていた。


からあげは、はやくもラストのひとつになった。

ノリオがそれをつまようじでさっとうばい、高《たか》くあげる。

「最後《さいご》のひとつのからあげをかけて、おかわりジャンケンでオレと勝負《しょうぶ》だ！」

給食《きゅうしょく》でもないのに急《きゅう》に始《はじ》まったノリオの『おかわりジャンケン』に、みんなははしゃぎ始《はじ》めた。

その様子《ようす》を見《み》ていたミノルが。

「あっ、そうだ！　ぼく、田中《たなか》くんにどうしても聞《き》きたいことがあったんだっけ」

なにかを思《おも》いだしたみたいだった。

「からあげのレシピをかけて、ノリオとジャンケンしたでしょ？」

「おう」

ノリオの『おかわりジャンケン』がもりあがる声《こえ》を聞《き》きながら、ミノルは納得《なっとく》のいかない顔《かお》でつづける。

「もし、あのときにノリオがジャンケンに勝《か》っていたら、田中《たなか》くんはノリスケたちとの約《やく》束《そく》を、守《まも》れなかったんじゃないのかな？」

「ああ、あのジャンケンのことかぁ」

あのときノリオは、自分《じぶん》からジャンケンに負《ま》けた。

自分《じぶん》から、もう一回《いっかい》からあげをつくることを選《えら》んだ。

たしかに、オレがジャンケンに勝《か》つとは限《かぎ》らなかった。

「田中《たなか》くん。ノリオが自分《じぶん》からジャンケンに負《ま》けるって、わかっていたんでしょ？」

ミノルはにこにこと聞《き》いてきた。

「ノリオがもう一度《いちど》からあげをつくりにくるって、心《こころ》から信《しん》じていたんでしょ？」

「うーん、それもあるっちゃ、あるけど……」

友《とも》だちを信《しん》じていた。

そういってしまえば、たしかにそれはカッコイイ。

でも、オレは少《すこ》し悩《なや》んでから。

「いいづらいんだけど……ミノルにだけは、本当《ほんとう》のことを教《おし》えちゃおうか」

「本当《ほんとう》のこと？」

「じつはな……」

オレとミノルは顔《かお》を寄《よ》せ合《あ》う。

「ノリオを信《しん》じていなくても、だいじょうぶだったんだ」

「えええっ？　ひどいよ、田中《たなか》くん！」

オレはミノルに説明《せつめい》する。

「だってさぁ、もしもノリオがジャンケンに勝《か》っていたら、どうなる？　ノリスケたちとの約束《やくそく》を守《まも》れなくて、今度《こんど》はオレが困《こま》っちゃう。そうだよな？」

「うん」

「困《こま》った顔《かお》のオレを見《み》つけたら、ノリオはどうするか考《かんが》えてみろよ？」

「困《こま》った田中《たなか》くんを、見《み》つけたら、どうするか……？」

ミノルはゆっくりとくりかえした。

「あいつは、世界《せかい》で一番《いちばん》親切《しんせつ》なんだ。ぜったいにオレを助《たす》けようとするに決《き》まってるだろ？」

「んんん？　……あああっ。ということは……？」

きっとからあげづくりに、もう一回《いっかい》チャレンジしてくれたはずなんだ。

オレとミノルはうなずき合《あ》った。

「あのときのジャンケンには、勝《か》っても負《ま》けてもよかったのさ」

ちょっとややこしい話《はなし》だったけど。

理解《りかい》してから、ミノルは安心《あんしん》したように返事《へんじ》した。

「なーんだ……」

……。
がっくり
やってもーた・・・
おれにまかせろ

しかしミノルの返事《へんじ》のつづきは、「そうだったのかー」みたいな、オレが予想《よそう》していたものではなかった。

「田中《たなか》くんは、やっぱりノリオのことを信《しん》じていたんじゃないか！」


「え？」

「田中《たなか》くんが困《こま》ったときには、ノリオが助《たす》けてくれる。そう信《しん》じていたんだね」

……ああ、そうか。

ミノルにいわれて気《き》がついた。

たしかにそうだよな。

ノリオは、困《こま》っているひとにはぜったいに親切《しんせつ》にする。

そう信《しん》じていたから、オレはこんな作戦《さくせん》を思《おも》いついたのかもしれなかった。

「おいおい、てめーらぁ」

急《きゅう》にノリオの丸顔《まるがお》が、ずいっとオレとミノルの前《まえ》にあらわれた。

「なにこんなすみっこのかべぎわで、まじめな顔《かお》しててんだよ」

酔《よ》っぱらったオジサンみたいに、オレと肩《かた》を組《く》み、顔《かお》を寄《よ》せてからんできた。

「カンパイするぞ」

ノリオは牛乳《ぎゅうにゅう》ビンを、オレにぐいっと手《て》わたした。

「ほれ、田中《たなか》ぁ！　飲《の》めぇい！」

それから、叫《さけ》んだ。


「てめーらぁ、ちゅーもくしろぉ！」


部屋《へや》の中《なか》でぎゅうぎゅうのみんなが、いっせいにノリオに目《め》をむけた。

「いまから、田中《たなか》にカンパイの音頭《おんど》をとってもらう！」

するとノリオに集《あつ》まっていた視線《しせん》が、今度《こんど》はいっせいにオレに集《あつ》まる。

「わー、本物《ほんもの》の牛乳《ぎゅうにゅう》カンパイ係《がかり》、田中《たなか》くんだぁ！」

低学年《ていがくねん》がはしゃぎだすと、みんなにむけてノリオが手拍子《てびょうし》を始《はじ》めた。

「よっしゃ、みんないくぜ！」

部屋《へや》が手拍子《てびょうし》でいっぱいになると、オレはイスに飛《と》び乗《の》った。

「ノリスケとノリゴロウの、誕生日《たんじょうび》のお祝《いわ》いだぁ！」

「「「うお〜っ！」」」

オレは牛乳《ぎゅうにゅう》ビンを高《たか》く持《も》ちあげた。

「コップは持《も》ったかぁ！」

「「「うお〜っ！」」」

誕生日会《たんじょうびかい》に集《あつ》まった、楽《たの》しそうなみんなを見《み》まわす。

「楽《たの》しい大久保家《おおくぼけ》にい……」

「「「カンパーイ！」」」

「よーし！　次《つぎ》はオレだぁ！」

カンパイしたノリオはますますテンションをあげた。『ノリノリからあげ』を食《た》べていないのに、急《きゅう》にはげしく踊《おど》りだす。

「これがオレのフルパワーのぉ、『ブリブリ踊《おど》り』だぁ！」

給食《きゅうしょく》のときよりもずっと大《おお》きくすばやく、おしりをブリブリふっている。

「うはははは！」

「でた！　ノリオのおしり！」

「そんなにブリブリしたらぶつかっちゃうよ！　わははははは！」

さっきまで手拍子《てびょうし》でいっぱいだった部屋《へや》は、今度《こんど》は笑《わら》い声《ごえ》でいっぱいになった。

笑《わら》い声《ごえ》を聞《き》きつけてやってきたノリオの母《かあ》さんが、オレに声《こえ》をかける。

「ねぇ、田中《たなか》くん。あの子《こ》は学校《がっこう》ではいつも、こうなの？」

「はい。だいたいこんな感《かん》じです」

オレはすぐにイスから飛《と》びおり、大《おお》きくつづけた。

「ノリオはいつだって、誰《だれ》かのために、フルパワーなんです」

「本当《ほんとう》に、あの子《こ》は、なにをやってるんだかねぇ」

ノリオの母《かあ》さんは、おしりをブリンブリンふって踊《おど》るわが子《こ》に、少《すこ》しあきれた声《こえ》をだした。

でも、ノリオの母《かあ》さんは、ものすごくうれしそうだったんだ。

みんなの中心《ちゅうしん》ではしゃぐノリオは、自分《じぶん》にむけられた母《かあ》さんのあたたかいまなざしに、まったく気《き》がついていない。

それでも、母《かあ》さんは目《め》をほそめたまま、いつまでもやさしくノリオを見《み》ている。

この物語《ものがたり》はフィクションです。実際《じっさい》に食事《しょくじ》をする際《さい》は、食品《しょくひん》のアレルギーなどに十分《じゅうぶん》に注意《ちゅうい》してバランスのいい食事《しょくじ》を心《こころ》がけましょう！

集英社みらい文庫

牛乳《ぎゅうにゅう》カンパイ係《がかり》、田中《たなか》くん

ノリノリからあげで最高《さいこう》の誕生日会《たんじょうびかい》

並木《なみき》たかあき 作

フルカワマモる 絵

ファンレターのあて先

〒101-8050 東京都千代田区一ツ橋2-5-10 集英社みらい文庫編集部

いただいたお便りは編集部から先生におわたしいたします。

2018年7月25日 第1刷発行

発行者 北畠輝幸

発行所 株式会社 集英社

〒101-8050 東京都千代田区一ツ橋2-5-10

電話 編集部 03-3230-6246

読者係 03-3230-6080

販売部 03-3230-6393(書店専用)

http://miraibunko.jp

装丁 高岡美幸(POCKET) 中島由佳理

印刷 図書印刷株式会社 凸版印刷株式会社

製本 図書印刷株式会社

★この作品はフィクションです。実在の人物・団体・事件などにはいっさい関係ありません。

ISBN978-4-08-321450-9 C8293 N.D.C.913 186P 18cm

田中《たなか》くんが涙《なみだ》の
転《てん》校《こう》!!
最後《さいご》のカンパイの
言葉《ことば》は!?

最《さい》終《しゅう》回《かい》
牛乳《ぎゅうにゅう》カンパイ係《がかり》、田中《たなか》くん
第《だい》8弾《だん》
2018年《ねん》
11月《がつ》22日《にち》㊍《もく》発《はつ》売《ばい》予《よ》定《てい》!

「みらい文庫《ぶんこ》」読者《どくしゃ》のみなさんへ

言葉《ことば》を学《まな》ぶ、感性《かんせい》を磨《みが》く、創造力《そうぞうりょく》を育《はぐく》む……、読書《どくしょ》は「人間力《にんげんりょく》」を高《たか》めるために欠《か》かせません。たった一枚《いちまい》のページをめくる向《む》こう側《がわ》に、未知《みち》の世界《せかい》、ドキドキのみらいが無限《むげん》に広《ひろ》がっている。これこそが「本《ほん》」だけが持《も》っているパワーです。

学校《がっこう》の朝《あさ》の読書《どくしょ》に、休《やす》み時間《じかん》に、放課後《ほうかご》に……。いつでも、どこでも、すぐに続《つづ》きを読《よ》みたくなるような、魅力《みりょく》に溢《あふ》れる本《ほん》をたくさん揃《そろ》えていきたい。読書《どくしょ》がくれる、心《こころ》がきらきらしたり胸《むね》がきゅんとする瞬間《しゅんかん》を体験《たいけん》してほしい、楽《たの》しんでほしい。みらいの日本《にほん》、そして世界《せかい》を担《にな》うみなさんが、やがて大人《おとな》になった時《とき》、「読書《どくしょ》の魅力《みりょく》を初《はじ》めて知《し》った本《ほん》」「自分《じぶん》のおこづかいで初《はじ》めて買《か》った一冊《いっさつ》」と思《おも》い出《だ》してくれるような作品《さくひん》を一所懸命《いっしょけんめい》、大切《たいせつ》に創《つく》っていきたい。

そんないっぱいの想《おも》いを込《こ》めながら、作家《さっか》の先生方《せんせいがた》と一緒《いっしょ》に、私《わたし》たちは素敵《すてき》な本作《ほんづく》りを続《つづ》けていきます。「みらい文庫《ぶんこ》」は、無限《むげん》の宇宙《うちゅう》に浮《う》かぶ星《ほし》のように、夢《ゆめ》をたたえ輝《かがや》きながら、次々《つぎつぎ》と新《あたら》しく生《う》まれ続《つづ》けます。

本《ほん》を持《も》つ、その手《て》の中《なか》に、ドキドキするみらい——。

本《ほん》の宇宙《うちゅう》から、自分《じぶん》だけの健《すこ》やかな空想力《くうそうりょく》を育《そだ》て、〝みらいの星《ほし》〟をたくさん見《み》つけてください。

そして、大切《たいせつ》なこと、大切《たいせつ》な人《ひと》をきちんと守《まも》る、強《つよ》くて、やさしい大人《おとな》になってくれることを心《こころ》から願《ねが》っています。

2011年《ねん》　春《はる》

集英社《しゅうえいしゃ》みらい文庫編集部《ぶんこへんしゅうぶ》